A Loucura dos Outros

Nara Vidal

A Loucura dos Outros

Copyright © 2016 Nara Vidal
A loucura dos outros © Editora Reformatório

Editores
Marcelo Nocelli
Rennan Martens

Revisão
Natália Souza

Imagem de capa
Women dancing with veils at the May Day Pageant
Original Collection: Alumni Association Photographic Collection – Item Number: P017:669

Imagem p. 8
Woman dancing
Original Collection: Alumni Association Photographic Collection – Item Number: P017:649

Design e editoração eletrônica
Negrito Produção Editorial

Dados Internacionais de Catalogação na Publicação (CIP)
Bibliotecária Juliana Farias Motta (CRB 7-5880)

Vidal, Nara
    A loucura dos outros / Nara Vidal. – São Paulo: Reformatório, 2016.
    136 p.; 14 x 21 cm.

    ISBN 978-85-66887-24-2

    1. Contos brasileiros. 1. Título.
V648l
                                       CDD B869.3

Índice para catálogo sistemático:
1. Conto brasileiro

Todos os direitos desta edição reservados à:

EDITORA REFORMATÓRIO
www.reformatorio.com.br

Para Ismália

Canção de Amor da Jovem Louca
Sylvia Plath
(Tradução de Maria Luiza Nogueira)

Cerro os olhos e cai morto o mundo inteiro
Ergo as pálpebras e tudo volta a renascer
(Acho que te criei no interior da minha mente)

Saem valsando as estrelas, vermelhas e azuis,
Entra a galope a arbitrária escuridão:
Cerro os olhos e cai morto o mundo inteiro.

Enfeitiçaste-me, em sonhos, para a cama,
Cantaste-me para a loucura; beijaste-me para a insanidade.
(Acho que te criei no interior de minha mente)

Tomba Deus das alturas; abranda-se o fogo do inferno:
Retiram-se os serafins e os homens de Satã:
Cerro os olhos e cai morto o mundo inteiro.

Imaginei que voltarias como prometeste
Envelheço, porém, e esqueço-me do teu nome.
(Acho que te criei no interior de minha mente)

Deveria, em teu lugar, ter amado um falcão
Pelo menos, com a primavera, retornam com estrondo
Cerro os olhos e cai morto o mundo inteiro:
(Acho que te criei no interior de minha mente.)

MULHERES EM CONQUISTA DE SI PRÓPRIAS

O encantamento já provocado pelo texto " Ifigênia", que abre este "A loucura dos outros", leva o leitor e a leitora a patamares aonde só a grande arte consegue chegar. Voo que não vai mais parar ao longo de todos os contos. O texto inicial funciona como um mito fundador da obra, Ifigênia que perdeu a cabeça por amor – "Até hoje a maldição circula. Dizem da mulher que se apaixona por um palhaço que, ela tem febres, esqueceu a razão, perdeu a cabeça".

São contos com nomes de mulheres, com trajetórias de mulheres, com alegrias, tristezas, ódios e amores de mulheres, lições e derrotas extremas que agarram o leitor acumpliciado e afundado na poltrona, os olhos vidrados, o peito arfando numa viagem insaciável, agarrado àquelas vidas pulando das páginas. Percursos que desafiam a ordem moral, essa moral social injusta, como o casamento no conto " Adriana", ou na demissão travestida de redenção no conto " Maria Dulce", um dos mais impactantes trabalhos literários que pude ler nestes últimos anos. Nessa narrativa o tom confessional faz com que a personagem, para reencontrar a paz consigo mesma, reencontre a saída no crime, numa revolta interior que os leitores acompanham perplexos e, às vezes, condescendentes, alternando ira e compaixão pela jovem opressa e ofegante.

São mulheres em conquista de si próprias, provocando e descobrindo os seus porões desconhecidos. A Amanda surrada pelo Marcos, do conto de mesmo nome, busca entender a raiva do marido, encontra razões, caça não o passado feliz, mas um presente que caducou. A inconstância amorosa aparece nos textos como um ato de sujeição ao amor. A liberdade parece vir associada aos tempos vividos pelo leitor, esse tempo que altera, estilhaça e fragmenta tudo. Mas esse desejo profundo de alternância de ternura e de parceiros sexuais não espelha o real, não, ele rompe com o real. Ele salva, sublima e anula a contradição entre o pacto, a palavra dada e o desejo. Há sempre, por trás dos contos, um machismo atroz – e a misoginia tão presente nas religiões – que serve, além de apontar os vícios da sociedade ocidental, de metonímia da condição humana.

A história de Marelena dá calafrios no leitor, – " seu corpo em carne crua" – que se lembra de passagens escabrosas lidas na imprensa a respeito de crianças presas de mentes paternas doentias e erotizadas. A arte literária, porém, paira soberana nas teclas tocadas pela sensibilidade artística de Nara Vidal.

A sedução num trem da vida esbarra no "[...] pensei no meu marido. Nas minhas crianças. Condição miserável é a de ser mãe", diz a personagem Silvia. O olhar disponível e a culpa queimam o peito da mulher encurralada pelo cotidiano. Os leitores estão ali, juntos, trazidos com suavidade, habilidade e gênio pela autora do livro.

A narradora do conto "Érica", o seu próprio nome, enfrenta a morte da mãe com galhardia e brio, biombo frio e apavorante a desvelar o jogo do eu logrando alçar voo do ninho, feliz e opressa assumindo de vez a sua autonomia completa.

A tirania da carne e os fantasmas do desejo vêm tratados com belíssima literalidade e os leitores, já acumpliciados com as figuras femininas, torcem para um final apaziguador, que não vem à primeira vista, mas que explode como libertação quando fecham o livro. É difícil escolher os contos, todos são de valor artístico extraordinário e cabe ao leitor e à leitora os descobrirem e devorá-los. O distanciamento requerido pela estética literária permite transgressões de normas – fora e dentro da narrativa – e criam o conhecido prazer do texto. Este "A loucura dos outros" provoca esse prazer da leitura.

A narradora ilusionista – agora outra mulher, a escritora Nara Vidal – nos apresenta uma obra de leitura obrigatória para todos aqueles que veem na arte um espaço de libertação da condição humana.

GODOFREDO DE OLIVEIRA NETO

Falso começo, 17

Ifigênia, 19

Marta, 25

Ana Rosa, 29

Vanessa, 45

Cecília, 49

Adriana, 53

Maria Dulce, 57

Selma, 73

Lúcia, 77

Amanda, 81

Ana, 87

Marelena, 91

Rita, 95

Olívia, 99

Sílvia, 103

Flávia, 107

Érica, 111

Regiane, 113

Débora, 119

Miriam, 123

Íris, 127

Falso começo

Respiro.

Carregava tanto nela. Era tudo que tinha sido. E tinha tanto ainda que sobrava! A escuridão, uma vez tão longe, já era maior e invadia o seu relógio, sem atraso. Era outubro, não falhava. Do outro lado de uma gota imensa, notícias de vida, flores novas, primavera. Fechou as portas e as janelas em desprezo ao ar fresco, já insuportável. Lembrou-se dela, há tempos. O problema do corpo é que o sonho não envelhece.

IFIGÊNIA

O que aconteceu no vilarejo de quinhentos habitantes ficou tão cravado na memória que virou lenda. Das cabeludas. Aliás, o trocadilho aqui vai sem perdão. A história da mulher sem cabeça causa até hoje pavor, calafrios, temores. O fantasma da Ifigênia persegue insistentemente moças desavisadas que não escutam suas palavras quando uiva para a lua. Há quem enxergue apenas as mãos vermelhas de febre segurando firme a cabeça através da cabeleira desalinhada, em nó, onde invariavelmente cresceram ninhos de pintassilgos surdos assobiando pios assombrosos.

Houve um ano, quando Ifigênia era a professorinha da cidade, que algo extraordinário aconteceu. Nômades se apossaram do terreno baldio que o prefeito não quis e ali mesmo armaram lona e sonhos, e pregaram pregos e peças.

Um estardalhaço pelas ruas avisava que o Fantástico Circo Troiano tinha chegado. Cachorros berrentos, bebês chorões, mocinhas com olhos curiosos, pais de família consternados, todos paravam para ver o desfile na cidade. No alto-falante dava para ouvir que aquele circo todo tinha vindo para ficar um mês inteiro, tirando a cidade da rotina. Um mês todo de mágicas, malabarismos, perigos e palhaçadas.

Uma bailarina na frente do desfile, compartilhava seus mais sinceros sorrisos fabricados. Distribuía rosas e salpicava pétalas pelas ruas. Era uma arte delicada, de requinte e amor. Passos precisos e bem treinados eram desperdiçados naqueles paralelepípedos vulgarizados por passos de todos os dias. Caminhares de rotina, de trabalho, de escola, de enterros e de carnaval. Atrás da bailarina, o casal de mágicos, Eros e Psiquê. Com suas flechas, espantavam a cidade, fazendo surgir coisas impressionantes em quem por elas era atingido. Em seguida, uma jaula de leões e suas pulgas adestradas abrigava também uma girafa triste com gravata borboleta. Abram alas para o próximo número, o mais aguardado por todos: Electra Calamidade, a temida atiradora de facas. A mais perigosa, era apaixonada, portanto cega, mas ninguém sabia por quem. Seguia então, o palhaço Vareta que gritava piadas sem graça de cima de dois pedaços de pau equilibrando-se com questionável habilidade.

Quando os olhos de Ifigênia encontraram os do palhaço, seu coração em palpitações sabia que era caso de derrota, desses de se perder a cabeça. Vareta não desperdiçou os olhos de Ifigênia. Retribuiu e lançou a ela um sorriso e uma margarida. Ali mesmo na frente daquele homem palhaço, a tonta de amor da Ifigênia contou bem me quer, mal me quer.

Não saberia contar quem prosseguia atrás do palhaço Vareta no cortejo do circo. A partir dali, Ifigênia começou a ficar cega e escureceu o dia.

Sem enxergar claramente, Ifigênia se aprontava toda noite para ir ao circo. Do picadeiro espiava atrás da cortina o já seu, palhaço Vareta. E lá vem ele, em cima das pernas de pau, contando piadas em alto tom, rindo sozinho, de olho na Ifigênia.

"Olha o picolé!

Água pura ninguém qué.
Toma leite com café.
Vô casá cum a tua mulé!"
Quando acabou o espetáculo, Vareta e Ifigênia se encontraram atrás da lona e lá se beijaram desesperadamente. Uma paixão avassaladora.

Os encontros haviam virado rotina. Toda noite, depois do espetáculo, Ifigênia se entregava a Vareta. Àquela altura, Ifigênia já estava cega de vez. Sinais de surdez também se manifestavam. Os pais de Ifigênia passavam sermões e avisos. Conselhos e pedidos. Mas Ifigênia não ouvia.

Conforme o combinado, um mês depois, o circo foi desarmado e era hora de Vareta seguir caminho, embrulhar sua casa, continuar sua vida de palhaço. Não que tivesse culpa, o Vareta. Ele nunca tinha sido nada além de palhaço.

No primeiro mês sem Vareta e seus beijos, Ifigênia ficou doente. Tinha febres que chegavam a cinquenta graus. Algo que o doutor Hélio não tinha visto nem na guerra, onde salvou soldados. A quentura da moça era impressionante. Ifigênia delirava, falava sobre coisas estranhas e misteriosas. Dizia que era amor. O pai de Ifigênia, numa vergonha homérica, escondeu a moça no porão da casa. Preferiu sacrificar a vida da filha, chamando-a de louca. Queria para a única filha, algo melhor: um domador de leões, um trapezista, um mágico, um gladiador romano que fosse. Aos amigos explicou, encabulado, que um palhaço tinha deixado a filha assim, sem juízo.

As coisas pioravam para Ifigênia. A brasa do seu corpo não cessava. Era certo que ia morrer de febre, avisou logo o doutor Hélio. No porão de teto baixo não cabia o altíssimo amor de Ifigênia. Coisas extraordinárias começaram a acontecer. À meia-noite, Ifigênia se levantava para ver a lua. Na janela suja do porão era possível ver sua cintura e seu pescoço. Nada além. Misteriosamente, depois do pescoço, vinha o teto. Mas lá estavam, nas mãos da Ifigênia, sua cabeça. A moça apaixonada pelo palhaço agarrava seus cabelos não deixando que a cabeça rolasse para além dos seus próprios limites. Ifigênia cantarolava uma música sombria até o relógio dar meia-noite e doze. Ia então, dormir. Colocava a cabeça no lugar e deitava-se no chão molhado de suas lágrimas. No sono, a febre sedia. Bastava acordar e o calor em brasas voltava, a cabeça saía do lugar e Ifigênia esperava a lua para tentar achar a paz.

Lá de dentro do porão ela chamava as moças da cidade. Era um pavor. Ifigênia segurava a cabeça e colocava os olhos pra fora da janela gritando por socorro, gritando por atenção. Mas as moças tinham medo da Ifigênia, completamente sem razão.

Na cidade, algumas línguas diziam que a cabeça de Ifigênia tinha sido cortada com presteza pela faca mais afiada de Electra Calamidade, também sem cabeça de ciúmes. Mas que nada! O palhaço daquele homem fez Ifigênia perder a cabeça para nunca mais.

Às vezes, antes de meia noite e doze, Ifigênia assustava a cidade com suas gargalhadas histéricas. Ria tanto que chegava a roncar. Gritos estremeciam as risadas abertas, sem controle. Ifigênia clamava rir das piadas de Vareta, mas seu riso era sinal de pouco siso. Segurando a cabeça, a gargalhada se espalhava pelos ecos do porão.

Ifigênia se deteriorava. Doutor Hélio já previa o fim. Com a cabeça fora do lugar, Ifigênia já não tinha salvação. Aquele louco amor de Ifigênia por Vareta fez padecer a moça, eventualmente. Mas como assustou o vilarejo! As carolas da cidade avistavam do vidro quebrado na janela do porão, a moça que segurava a cabeça do lado de fora, procurando as nuvens.

Pobre Ifigênia. Queria entre uma febre e outra, avisar sobre o palhaço que levou seu sossego, fez com que perdesse a cabeça e deixou pra ela a loucura do abandono.

Implorava que a escutassem. Rogava em prantos que as moças da cidade escutassem a sua história. Mas todos tinham medo da mulher sem cabeça e ninguém queria vê-la de perto. Ifigênia por fim, se esgotou. Mas não sem antes deixar sua maldição. Sem dó nem piedade, desejou que toda moça que não a ouvisse também perdesse a cabeça.

O palhaço nunca mais voltou. O pai de Ifigênia tinha declarado guerra aos troianos do fantástico circo. Que ali, no seu território, não pisassem mais.

A notícia da Ifigênia sem cabeça se espalhou por circos e circos. Todos tentavam levar Ifigênia como estrela do seu espetáculo. Chegaram a fazer panfletos:

"Não percam: Electra Calamidade, a atiradora de facas, vermelha de ciúmes de Ifigênia, a mulher que perdeu a cabeça por conta do seu amor pelo palhaço Vareta."

Não foi possível. Ifigênia já era.

Quem disse que a história da mulher sem cabeça era conto de terror, não ouviu o caso com afinco. A história era de amor. Amor grande. Desses de dar medo.

Até hoje a maldição circula. Dizem da mulher que se apaixona por um palhaço que ela tem febres, esquece a razão, perde a cabeça.

– 23

MARTA

Ainda tinha dois minutos para dormir. O costume era acordar às 5h43min para adivinhar qual som a filha tinha preparado no despertador para aquele dia. Era uma distração para vida cachorra que o aguardava na estação de Caxias. Abriu os olhos e em dois minutos ouviu Ocean Breeze. Um som de mar e vento tão autêntico quanto o café com gosto de papelão que tomava na máquina do trabalho. Sorriu com o desejo de sol, mar e brisa que a filha tinha pra ele. Talvez tivesse sido impaciente com ela ontem. Essa merda de dever de casa precisava acabar. O que tanto faziam na escola que não tinham tempo pra estudar e precisavam levar tarefa pra casa? A menina não entendia multiplicação e já estava terminando a primeira parte do Fundamental. Pensou em falar com a professora. Desistiu no meio do caminho quando avistou no camelô uma calculadora brilhante cor-de--rosa. A menina andava crescendo jeitosa. Tinha fé que daqui a uns anos não precisasse mesmo saber a tabuada de cabeça. Antes de se levantar da cama, olhava pro lado. Não reconhecia mais a mulher que dormia com ele. Marta foi tão bonita. E os cabelos? No dia do casamento parecia a Ursula Andress e pensou ter tirado a sorte grande. Nos churrascos em Queimados via o Nelson, o Torquato, o Edgar, tudo de olho esticado pra ela.

O sumiço da Ursula Andress coincidiu com a perda dos cabelos dele e com o aumento da barriga. Pensou que Marta também devia sentir falta do homem com quem tinha se casado. Se encontrasse a Marta num bar sentiria raiva. Provavelmente mulheres feito ela só servem pra atrapalhar a vista de uma Ursula Andress, fazendo os homens esticarem pescoços, olhos, desejos. Que diabos aconteceu com a Marta? O relógio mordeu. O dia não permitia vagar em ideia de mulherzinha. Ocean Breeze tocou pela terceira vez. No banho visitou o dia que viria igualzinho ao de ontem, de anteontem, da semana passada, do mês passado, do ano retrasado.

Já em São Cristóvão tirou do bolso do paletó a cópia de "A coleira do cão". Tudo o que era já tinha sido registrado ali. Desceu. Deu cotoveladas em quem estava ao seu lado pra sair daquele buraco de ratos miseráveis. Precisava ver um fiapo de sol que fosse. Sentiu alívio quando avistou o outro camelô de calculadoras brilhantes na Euclides da Cunha. Tinha chegado estoque novo. Sua menina ia gostar daquela de coração de paetês. Foi lá e comprou. Sentiu-se generoso. Talvez tivesse sido "ocean breeze" do despertador a dar-lhe um momento de futuro. Comprou pra Marta uma escova de cabelos transparente. Bonita pra chuchu. Ursula Andress há tempos não vivia com ele. Mas os cabelos ficaram. Satisfeito, rumou para o trabalho, exatamente como tinha feito ontem, anteontem, semana passada, mês passado, ano retrasado.

Já era o segundo cigarro do dia e nem tinha alcançado a Teixeira Soares.

O 434 pingando gente pelas janelas. Um homem colado nele respirava um bafo podre. Fedia à boa intenção de um pós-barba de limão. O cheiro era o mesmo do banheiro da rodoviária, Pinho Sol. Na primeira chacoalhada do ônibus encostou o cotovelo na jovem senhora. Perfume de rosas. Exagerado pra essa hora. Gostou daquela vulgaridade. Ela lia "O estrangeiro". Deve ter ouvido a amiga falar que era alta cultura e foi lá, comprou. Edição novinha, sem dobra, sem arranhão, sem interesse. Devia ser uma burra. Ninguém tira proveito de Camus assim, de bobeira num ônibus. Do capítulo três (ainda estava no capítulo três) reparou "Hoje trabalhei muito no escritório." Era pra lá que ia, de encontro ao fim, para o massacre que era o trabalho naquele escritório. Viu pular do rosto da jovem senhora um batom tão vermelho que só poderia ser o retoque da desfaçatez. Onde teria estado aquela boca horas atrás, enquanto deitava numa cama que devia ser ali em São Cristóvão mesmo? Um rabo de olho dela e um suspiro deram pra ele o limite. Estava sendo inconveniente. Ela já tinha reparado na insistência do jogo de adivinhação dele. Abriu o jornal e foi pensar na Marta. Em todo o seu tão familiar tudo. Por isso foi atrás da Valéria. Pelo cansaço da própria vida memorizada e cuspida diariamente pela mulher. Precisava parar de fumar. Valéria não gostava. Marta não enchia mais o saco. Já estavam juntos há muito tempo pra investidas assim. Mas a filha, com seu problema de não entender matemática ainda precisava dele. Talvez precisasse pela vida longa toda. A burra que lia Camus fechou o livro com um marcador lilás de corujinha. O marcador da filha era igual, mas rosa claro. A estúpida que lia Camus ia saltar junto com ele na Riachuelo. Foi atrás dela só pra acompanhar a bunda meio mole, bunda que dança. Onde teria estado aquela bunda ontem? E a boca vermelha? Arriscou um oi. Sabe-se lá... Desesperadamente apertou o cigarro na boca, boca que estivera em casa com a Marta e na Valéria, na mesma noite, depois de beijar "bons sonhos" na filha que ia tão mal na escola. Sentiu o coração apertar em nó. Não era o cigarro. Ainda não era o infarto. Era essa vida vagabunda cheia de homem cafajeste e mulher burra. Ali mesmo, do fim do cigarro, antes de atravessar para a Lavradio, uma mexida no cabelo, uma olhadela pra trás e saiu daquela boca vermelha: "Luciana. Prazer."

ANA ROSA

– O lugar era patético.

– Você quer dizer pacato?

– Patético de tão pacato.

– Sua impressão não tem relevância. Poderíamos nos deter nos fatos. O que acha?

– Acho nada. Só sei que aquela merda daquela cidadezinha precisava de um agito. Foi isso que a gente levou. Agito. Tocamos o terror. Sentia um prazer, um frio na barriga cada vez que enfiava aquele cano na cabeça de alguém. A cara de medo daqueles figurões, o cagaço estampado no rosto deles era minha satisfação. Quando disseram por aí que eu não tive remorso, é porque não aguentei e ri na cara da figura que eu mesmo empacotei naquele dia. É muito engraçado ver diminuir a arrogância até virar humilhação, misericórdia. É isso. Acho que era isso que me fazia voltar.

– O que te fazia voltar era o ITT. Vocês venderam a alma pro diabo. Se não vendessem, o fornecedor matava vocês.

– Aí que tá, mano. Por isso eu sei que eu mereço isso tudo agora. Voltava porque era tarefa. Meu trampo. Aquilo levava Jessica e Pedro pra escola particular. Ana Rosa aparecia com o cabelo bonito, loiro, com aquele negócio de luzes, toda perfumada, coisa de revista. Até piscina fiz em casa. Até os parente do prefeito apareciam pro churrasco. Minha moto, importada, do ano. Precisava ver a Ana Rosa em cima dela. Cavalgava! Uma vez a gente trepou na garagem, em cima da moto. Ana Rosa só de bota na altura da coxa. Arrebitada no banco da moto. Coisa de louco... Mas eu era bom de serviço porque não queria sair daquela vida. Se me dessem a chance de largar aquela desgraça toda, acho que eu recusaria.

— Preciso saber mais. Preciso que me conte tudo.

— Só não me faz aquela pergunta de imbecil: "como é que você foi parar nessa vida?" Até parece que quem tá dentro dela sabe precisar dia, mês, ano e a porra de hora! A gente não sabe. Eu nunca tive outra vida. Já cedo dava pra ver sinal de que a coisa ia desandar, não? Lembra quando eu arranquei o olho daquela lagartixa que a mãe achou no banheiro? Aquela merda fez ela gritar tanto que achei que alguém tivesse espancando a mãe. Fiquei tão louco que nem pensei. Aquilo já era um sinal, era não? Quando aquele filho da puta daquele psiquiatra veio aqui, contei essa história pra ele. Ele ficou me olhando sem falar nada. Nada naquela cara branquela asquerosa dele. Nada. Você não vê uma sobrancelha se levantar dessa gente. Não confio nesses tipo. O verme olhava pra minha cara com um riso embutido de quem sabia de tudo, sabia de como eu era e sabia a resposta pra essa pergunta cretina de porquê cheguei aqui. O juiz decretou que vou ser "observado" por esse tal psiquiatra. Quanta merda. Esse mundo não tem solução. Eu matei, roubei, fiz essa porra toda e ainda querem achar desculpa pra mim. Dizem que porque não tenho pena, remorso, preciso ser estudado. "Estudado". Assim mesmo disseram. É pra rir ou não é? Falam até nessa merda de direitos humanos. E bandido lá tem direito? A gente é um monte de bosta, não vale nada. Nem é humano. Mesmo assim querem dar pra gente, direito. Tem mais é que enfiar a gente no xadrez mesmo. Bandido não tem respeito, remorso, consideração, essas parada toda. A gente quer é sair do quadrado pra fazer mais e mais e mais até morrer. Mas ficam dando chance pra gente. Chamam de oportunidade. A única oportunidade que eu quero é a de vingar a minha Ana Rosa. Meu único remorso é a Ana Rosa. O Pedrinho e a Jéssica também. Tiveram que sair da escola. Tavam num desses buraco do estado, tentando estudar. Ana Rosa me contou que as parede são tudo rabiscada, não tem papel higiênico e o banheiro fede. Parece isso aqui.

— Mas a mãe criou a gente junto, do mesmo jeito. Em que merda foi essa que você se enfiou? Tá ferrado. Não tem como te salvar.

— Caralho! Eu não quero salvação. Que merda que você não entende aqui? Fiz e vou pagar. Só não vou pagar tudo o que devo, porque daí eu perco a minha vida. Mais que um ano nessa joça eu não fico. E eu vou te contar tudo. Tudo mesmo. Cada gota de pavor que levamos pra cidade. Se me interromper com pergunta cretina, paro de falar e não ouve mais de mim, entendeu? Agora cala essa tua boca de sapo e escuta o que eu vou te dizer. Vou falar uma vez só, pra nunca mais. Ter matado o vereador não me chateia. O que me ferra a consciência de vez é não ter partido de bala pra cima do Mico. Foi ele quem me contou da suruba com a Ana Rosa. Como é que pode falar de uma santa, mãe dos meus filhos desse jeito? É aí que você vê se o elemento presta ou não. Nada a ver com matar, roubar. É quando o sujeito põe mãe, mulher no meio, aí sim, você vê se tem honra. Enfiar a Ana Rosa nessa conversa merecia além de

— 31

tiro, tortura. Como já tava aqui enquadrado, tive que engolir o orgulho e o ódio. Mas é pela Ana Rosa que eu vou sair daqui. Vou vingar o nome dela, a honra da mãe de família que ela é. Mico relatou que nos dias que eu ia pegar instrução do ITT, ele, Zé Torto, Luíz Prata e Mendigo botavam uma venda nos olho da minha Ana Rosa e chupavam ela até ela se estremecer. Faziam em turno mesmo. Ele disse que ela dava até nota, caralho! As criança dormindo e Ana Rosa na boca da galera. Quando ele me disse isso, espumei. O sangue ferveu dum jeito que parecia que tinha evaporado. Era um ódio gosmento, de tanto que era. Falar assim da Ana Rosa a puta que te pariu!

Quando ela veio me ver, semana passada, nem acreditou que o Mico pudesse se rebaixar tanto. Ela disse que fazia sentido e pra eu tomar cuidado com ele, já que pegou o próprio olhando meio vesgo pra ela várias vezes enquanto eu pagava churrasco praquele bando de porco. E aquele filho da puta lá, pensando em comer minha Ana Rosa.

Como é que pode um homem, camarada, colega de tanta merda, falar assim da mãe da Jessica e do Pedrinho? Elemento que não presta é isso aí. Quer exemplo de quem não vale porra nenhuma? Taí, o Mico.

Ele, na cela em frente à minha, cuspia essa vergonha toda na minha cara. Eu te juro pela alma da mãe que eu acabo com aquele desgraçado. Todo mundo que tava no mesmo corredor ouvia a história dele. Falou que Ana Rosa adorava cheirar brizola. Gostava de ver os cara cheirando também. Abria as perna e eles cheiravam na coxa dela. A Ana Rosa? A Ana Rosa anda com um crucifixo no pescoço, porra!

Mico, a porra do Mico ainda chamava de "operação Jesus Cristo na neve". Era quando ele cheirava no meio dos peito da Ana Rosa. O crucifixo era da mãe dela que ganhou de uma carola que visitou Fátima em Portugal quando era criancinha. Deu vontade de gargalhar. A mãe da Ana Rosa era a coisa mais sagrada pra ela. Imagina se ela colocaria o nome da mãe e de Jesus na lama? Me dói também que eu não tinha nada pra revidar no Mico. Sei pouco dele. A gente se conheceu no Rio, em Copacabana, quando fui me apresentar pro ITT. Mico tava lá, coçando o saco, vendo Flamengo e Vasco naquelas TV de tela plana gigantesca. Tinham recebido estoque da polícia federal. Uns cara lá que fiscalizavam mercadoria vinda da China e dos Esteites. Adoravam o pó que a gente tinha pra dar. Deixavam TV, tablete, celular, tênis, relógio, tudo. Levei um tablete pro Pedrinho. Jessica ganhou um relógio e um tênis da princesa da Disney. Precisava ver a carinha deles. Era por eles que eu voltava. Era muita satisfação ver o jeitinho deles. Tem coisa mais bonita que ver criança abrir presente? Puta que o pariu, é lindo demais. Emocionante. Mas o pó que a gente fornecia era bom. Com ele a gente não brincava. Nunca misturamos merda nenhuma naquela pureza toda. Era boa e muita gente sabia disso. Entrava pelo Peru. A fronteira com a Bolívia e Colômbia tava tomada. Não tinha como furar. No Peru, a gente arrumou uns índio que, por causa desse tal de Direitos Humanos, nunca eram fiscalizado. Se chegasse polícia lá, a televisão noticiava e o pessoal que protege os índio, com o furdunço todo, espantava qualquer fiscalização. Os índio faziam ali o que bem entendessem. Mas nesses lugar puro assim, tem sempre um merda que não presta. O Iberê navegava pelo Solimões e transitava entre os Ticuna peruano e os brasileiro. Aqueles índio viviam numa miséria impressionante. Foram abandonados mesmo. Por isso, muita gente nem investigava eles. Iberê serviu o ITT por décadas. Ficou rico e acabou com a própria aldeia. Um dia, levou as vinte e nove pessoas que moravam perto dele de jatinho pro México. Moram lá, espalhado em dez ou onze mansões, dessas de cinema. Iberê conseguiu a cobertura dos traficante de lá e vez ou outra, presta uns serviços especiais. Visita gente do governo vestido de cacique e ganha assim o prestígio de jornalista, político, parecendo que tá acima do bem e do mal. Se um dia soubessem da verdade sobre Iberê. Neguinho finge acreditar que ele ficou rico assim porque faz palestra por aí, porque já apareceu na tv, porque cobra para falar sobre os índio. Não. Iberê é quem é por causa do melhor pó do mundo. E esse pó, quem vendia era a gente.

Quando conheci o Mico no dia daquele jogaço que o Vasco detonou o Flamengo, saímos pra uma cerveja no bar da Figueiredo de Magalhães em frente à ladeira dos Tabajaras. A ladeira era cheia de avião nosso. Lugar tranquilo, sem confusão, com cara de comunidade que quer se limpar. Mas era mais suja que pau de galinheiro. Praticamente cada chefe de famíia ali, tava ligado ao itt. O Mico morava mesmo era no Bairro Peixoto, atrás do Copa D'Or. Lugar pacato. Tinha até miquinho nas árvores. O nome dele é Adilson. Mas de tanto ele falar das porra dos mico das árvores do Bairro Peixoto, dei pra ele o nome de Mico. Ninguém conhece o cara por Adilson. Fez dinheiro dentro da lei trabalhando pra fiscalização no porto. Comprou um apartamento bacana, tinha uma mulher decente e boazuda, três filhos. Mas foi fácil convencer o Mico a passar pro nosso lado. Ele se amarrava nessas coisa de tecnologia e seus olhos brilhavam a cada apreensão. Foi aí que começou a apreender a Branca de Neve e com o dinheiro que chovia dela, começou a comprar legalmente tv, celular, o escambal. Mico estudou pra caralho. Passou nesses concurso do governo e mamou no cargo por anos. Conheceu uma índia e largou a família. A índia era do Iberê que ao invés de liquidar o Mico, assassinou a tal Jurema. Iberê dizia que o mundo era tão cão, tão maldito que Mico merecia estar nele. Era questão de tempo. A polícia chegaria junto. Iberê ia assistir de camarote. O bandido do Mico não tem nem mais família, o que faz da minha vingança contra ele uma missão difícil. Eu tô com Iberê: matar o cara não vale a pena. Quero que ele padeça mais nesta merda de lugar que é o mundo.

– A Inteligência já sabe disso. Você precisa falar sobre a morte do vereador. É por isso que tu veio pra cá. Presta atenção, malandro. Ou você me dá argumentos pra eu tentar te salvar, ou você continua com essa ladainha que agora já não vale nada.

– Merda, meu irmão. Pedi pra não me interromper, caralho. Escuta aqui: já que tu não vai poder me defender, traz logo o idiota que vai ter que me escutar. Assim falo uma vez só.

– Doutor Tenório é o defensor que te arrumaram. Gente da pior qualidade. Se você insistir, consegue dele o que quiser. Mas meu conselho é o seguinte: cumpre tua pena. Estou tentando organizar, por fora, a papelada pra você ficar só uns oito, dez anos. Mas por fora. Você sabe que irmão não pode defender irmão aqui. Mas quem tá dando informação pro Tenório sou eu. Além de ser um diabo, é preguiçoso. Estou levando tudo pronto pra ele. Vou salvar tua cara, mas vai demorar mais do que você quer. Agora fala logo da morte do vereador. Fala logo da morte do vereador.

– Eu já falei sobre isso, cacete! Abre esse seu ouvidinho pra guardar de vez a informação. Você tá me irritando demais. Esse seu focinho... Você é a cara do pai. Tem aquela cara de dor de cabeça dele. A testa pequena, crânio grande. Parece que um osso vive apertando tua vontade de viver. Tu vive com cara de enxaqueca, cara. Se você tivesse puxado o lado da mãe, teria a cara mais agradável. É certo que ia ser careca. Mas seria melhor que essa cara amassada de dor. Bom, é importante você escrever aí que o vereador era primo do Luís Prata. Foi ele que começou a trazer o primo pros nossos churrascos. Eu sabia que ia dar merda. Olhei pra cara do Luís naquele sábado, quando ele entrou na garagem de casa trazendo a mulher, os filho – um de colo ainda, e o vereador com a namorada e a cocota adolescente. Ali eu senti uma coisa. Sabia que não ia acabar bem. Naquele sábado ficou todo mundo chapado. Não sei o que as criança fizeram. Quando a gente se ligou de volta, estavam todas assistindo um filme na minha sala. A bebê de colo nadava na própria merda. Aquilo foi difícil ver. Porra! Que mãe era aquela, a mulher do Luís Prata que não se controlava quando tinha que cuidar de um bebê? Por isso eu tenho a minha Ana Rosa num pedestal. Ana Rosa adora enlouquecer. Mas só faz uso da Branca de Neve comigo, quando eu tô por perto. Eu prefiro me acabar de cerveja. Não curto tanto cheirar brilho. Quando Pedrinho fez cinco anos e a Jessica completou quatro, Ana Rosa jogou nos cano! Comemorava o fato das criança ficarem vendo tv e desenho animado enquanto ela própria se animava. Tavam mais crescido. Mas quando eram bebê, Ana Rosa só fez uma vez ou outra, mesmo assim quando eu tava limpo. A gente sim, é uma unidade. Um exemplo de família unida. Tamo ali um pelo outro. Naquele sábado de churrasco lá em casa, não faltava nada, a carne mesmo era pouca, mas porque ninguém comia, mas a farinha, era farta e essa, todo mundo queria. O caldo começou a engrossar quando o dia clareou e fui lá dar um confere naqueles pedaço de gente. Umas criança dormiam, outras ainda viam TV. Que merda ver aquelas criança sem pai e mãe. Todo mundo acabado, deitado no chão, ferrado, intoxicado. Fui no jardim e achei a filha do vereador deitada, pelada, com aquela carne ainda firme e com a boca na coxa do Mendigo que tava praticamente desmaiado e também tava sem roupa. Tentei acordar os dois, mas não tinha jeito. Tavam ferrado naquele sono de biriteiro. A porra da briga foi que o vereador acordou e viu o mesmo que eu vi. Chutou as bola do Mendigo, socou o cara que foi parar no hospital. A cocota, ninguém mais viu. Na cidade falam que vive trancada feito bicho num quarto. Agora que o pai dela, o vereadorzinho de merda bateu as bota, talvez saia e se case com Mendigo. Vai saber? Tem gente que presta muito pouco. A coisa desandou de vez quando, por causa dessa merda toda, o vereador começou a exigir mercadoria fresca e pura pro Mendigo senão disse que matava o pobre diabo. Mendigo começou a roubar dentro do nosso próprio estoque e aí não teve perdão. O Zé Torto jurou o Mendigo de morte. Foi o fim do Zé Torto. Não deu pra acreditar no erro do Zé. E bandido jura alguém de morte e fica dando aviso? Porra. A gente mete um ponto final sem mandar recado, porra! Por isso o Zé Torto morreu. Quando avisou pro Mendigo que ia meter bala no miolo dele, ainda perguntou se queria fuzil, metralhadora ou uma visitinha da Juliana, a três oito de estimação, de onde ele tirou o próprio sustento por tempos antes de se juntar a nós. Mendigo fez as honra. Pegou a Juliana e enfiou o cano dela na garganta do Zé que morreu com um tiro só, na entrada do Motel Flor de Lis. O desgraçado do Mendigo ainda me disse que viu a Ana Rosa dar ré e zarpar de lá. Mas era ela, não tinha dúvida. Ele sabia que a minha santa Ana Rosa tinha encontro marcado no motel com o Zé Torto. Impossível. Ana Rosa tinha nojo dele. Dizia que quando falava produzia uma baba no canto da boca que virara uma gosma que parecia cola. Não suportava olhar pra ele. Queriam acabar com a minha paciência, isso sim. Porra! Se o Mendigo não tivesse insistido tanto com essa merda dessa história do Zé Torto e da Ana Rosa, estava vivo até agora. Mas ele insistiu nessa mentira. Não tive escolha, o tiro que eu dei nele estilhaçou o homem que parecia uma bomba. Era resto do Mendigo voando pra todo lado. Não gosto que falem da minha Ana Rosa. Tudo o que ela fazia é cuidar dos meus filho, do jardim, da piscina, fazer compra e ir no cabeleireiro, seu único luxo. A mulher é um exemplo e eles têm inveja. Só arrumaram mulher indecente, sem valor e sem moral. Por isso enchem a porra do meu saco com essas mentira sobre a Ana Rosa. Mas ela me tem na palma da mão. Quando a gente transa, ela me faz jurar que vou defender a honra dela, custe o que custar. Minha palavra pra minha santa vale mais que qualquer vida.

— E o vereador? Preciso saber do vereador...

O vereador... Eu e o Mico empacotamo aquele bosta porque a gente queria tocar terror. Mas acima de tudo, a gente cumpria ordem. Ele andava muito folgado. Queria Branca de Neve toda hora. Tava abusado depois da treta com o Mendigo. Quando conheci o Mico no Rio, ele me ensinou umas parada. Uma delas é essa coisa de viciado. Se o cara começa a usar a autoridade para alimentar o vício, aí não dá. O vereador já estava naquela categoria há muito tempo. A tristeza é a gente ter que vir pra cá, ficar preso nessa merda desse lugar. Nossa vida tava boa lá fora, não fosse esse vereador de merda que acabou com a nossa paz. O ITT começou a pressionar. Queriam o dinheiro contado de todo o estoque que saía em tempo recorde. Acho que suspeitaram porque numa cidade dessas, do tamanho de um ovo, a demanda estava crescendo pra caralho. Claro, depois a gente soube que o vereador estava montando a boca dele. Aí é que não dá mesmo. Essa gente burra que acha que pode começar a vender pó assim, de uma hora pra outra, sem consequência. ITT encomendou e pediu pra executar rápido. Era pra gente usar dos requintes que quisesse, inclusive tortura, espetáculo, o diabo a quatro. Mico e eu planejamos. Ouvimos dizer que um artista plástico da cidade que morava fora do país vinha pra fazer uma exposição. Um merdinha qualquer metido a intelectual e que acha que abafa. Bom, resolvemos acabar com a festa dele. No sábado, às sete da noite, a cidade inteira ia lá, prestigiar o metido a artista. Ana Rosa ia também. Enfiou aquele bota que me enlouquecia e com o cabelão louro, pegou a bolsa e foi lá. Foi pra comprar algumas das obras. Ana Rosa gosta de quadro, ela é culta. Tomou gosto pela coisa na casa desse juiz lá no Rio. Lugar fino que a gente frequentava antes de voltar pra cá. A mansão do juiz era cheia de obra, quadro, escultura, coisa cara mesmo, de qualidade. Aquilo arrancava suspiro da minha Ana Rosa. Comecei a dar dinheiro pra ela comprar os quadro que quisesse. Era bonito ver a felicidade da minha santa quando trazia um quadro novo pra casa. Falei pra Ana Rosa chegar cedo e ir embora porque a coisa ia feder. Ela foi, comprou dois quadro, os mais caros. O bobo do artista ainda tirou foto com a minha santa. Tinha até uma fila no bar do Conrado pra foto com o tal artista. O evento ia bem. Tinha gente já bêbada. Tinha uns que já voltavam do banheiro com o olho arregalado. A festa ia que ia. Estacionamos a moto na esquina. Enfiamos a máscara preta, as luva. Recebi mensagem da Ana Rosa: o vereador tava lá, com a cidade puxando o saco dele. Bebia até vinho, o palhaço! Boa hora pra morrer era essa. Claro, ninguém reconheceu a gente porque a cidade era nossa. Fomo bem disfarçados. Jessica e Pedrinho têm amigo aqui, vão à escola. Eu ia querer continuar a ter paz. Mas deu tudo errado. Eu e Mico preparamo tudo muito bem. Cheiramos umas boas linhas antes de ir. Não bebi. Tava vidrado. Uma vontade louca de acabar com um, dois, quem chegasse na frente. Fazia tempo que não participava de um estilhaço. Era assim que a gente chamava a operação quando era necessário empacotar. No bar do Conrado, o primeiro que vi foi o Luíz Prata. Ele sabia da operação estilhaço. Sabia que o primo ia morrer. Tava lá pra facilitar tudo. Chegamos feito uma bomba. Anunciamos o badalo. Todo mundo gritando, apavorado, deitado no chão. Porra, que delírio aquilo. Cena linda de se ver. Os figurão tudo pedindo clemência pra gente. Os olhos fundo pedindo uma chance. Se sobrevivessem seriam menos arrogantes? Duvidava. Meti bala no fazendeiro da cidade. Homem idiota, não dá bom dia pra ninguém. O próximo foi o gerente do banco. Vaidoso, puxa saco, cheio de si. Empacotei junto com a mulher que eu também não suportava. Ana Rosa não ia com a fuça dela. Uma vez fez um comentário maldoso das bota da minha mulher. Inveja pura. Vai pra porra também. Leva! Enquanto isso, Mico pegou a cabeça do artista de refém. Mandou todo mundo colocar o dinheiro, o telefone, cartão, a porra toda dentro do cesto que tava no chão. Mas aí o sacana do Mico perdeu de vez o juízo. O cara pegou a mina da cidade que foi miss e tudo e mandou ela tirar a calcinha. Puta merda... Isso na frente de todo mundo. Mandei ele parar, mas o cara tava alucinado. O pó que a gente tinha consumido era foda. Negócio puro que deixava a gente sem pisar no chão. Mico enfiou o cano da Juliana, herança do Zé Torto, dentro da menina. Cheguei a ficar com pena. Ela não era ninguém. Não tinha feito porra nenhuma pra merecer aquilo. Mas o Mico foi lá, mandou ela rebolar em cima do cano e de baixo pra cima, arrebentou com um tiro a menina inteira. Na frente da cidade toda. Soube de gente que perdeu a fala depois daquele dia. Foi um ato de monstro mesmo. Mico era a pior das espécies. Agora, essa merda desse sujeito me olha ali do outro lado do corredor e grita que pegou minha Ana Rosa várias vezes. Cara, o homem não presta. Não tem um pingo de compaixão. Uma cara que faz uma porra dessa, explode uma menina por dentro, vale alguma coisa? Eu quero é que ele apodreça aqui. Esse merece. Eu mereço. Mas mereço sair também. Pegar a Ana Rosa, os menino e ir pro México. O Iberê vai dar emprego pra gente. Começar do zero, fresco, vida nova. Quero vazar daqui. Dez ano é tempo demais. Vou antes. Agora, me faz um favor? Traz pra mim a minha Ana Rosa. Quero abraçar minha santa mais uma vez. Ela não vem tem dois dias. Traz os menino também.

— Ana Rosa foi presa.

— Porra! Pegaram ela? Mas é muito amor, né não? Porra... Matar o Luíz Prata pra vingar a bagunça que ele trouxe quando foi com o vereador de merda na nossa casa. É muita prova de amor.

— Ana Rosa matou as crianças também. Deixou escrito que não mereciam ver o mundo que erguia pra eles. Melhor virarem anjos, estava escrito.

* * *

– Há dois dias não enxergo bem. Meus olhos tão inchados. Não me deixaram ver as criança. A merda do Mico grita ali da frente que foram esquartejado pelo pessoal do ITT quando acharam os corpos. Estão atrás da gente, morto ou vivo. Esse lixo desse homem agora fala que minha mulher está morta. Diz ele que um filha da puta qualquer da classe baixa do ITT foi visitar a Ana Rosa no manicômio.

Ela foi pra lá porque matou os próprios filhos. Concordava com aquilo. Minha santinha não devia tá bem dos parafuso pra fazer virar anjinho o Pedrinho e a Jessica. Melhor eles tratarem minha loura e depois vamo embora encontrar o Iberê. Ana Rosa pode trabalhar numa galeria de arte. Eu sei que não mataram Ana Rosa. Ela vem sempre me visitar. Vem vestida de preto, agora entendo, em respeito aos menino. Vem com um véu estranho. Não me deixa beijar ela. Às vezes, ela vem várias vezes por dia. Precisa ver o cabelão louro da minha santa. Coisa de enlouquecer. Mas ela não tá deixando eu pegar no cabelo dela. Parece que foge de mim, a minha Ana Rosa. Eu quero sair daqui e poder ir embora com a minha mulher. Antes que achem a gente. O Iberê vai dar proteção pra mim e pra loura. Dói é ver que sempre que Ana Rosa vem me ver, ela tá chorando. Acho que é remorso por ter metido um tiro nos meninos. Coitada da minha santa. Imagino o que deve ter passado. Eu já falei que não tenho remorso por ter matado o vereador de merda no bar do Conrado. Falei também que não quero transferência pra manicômio. É aqui que a minha Ana Rosa vem me ver. Fico aqui até conseguir fugir. Depois pego ela no Lar Santa Ifigênia e vamos embora. Falam muita bobagem da minha santinha. Falar que ela morreu nem me atormenta tanto. Fico com espuma na boca quando falam que me enga-

42 –

nava. Ontem me mandaram uma caixa. O assistente que me entregou. Tem cara de alucinado. Deve ganhar uns por fora. Uma caixa linda, com fita. Um presente não sei de quem, mas lá dentro, eu adivinhava: o coração ainda fresco e pulsando da Ana Rosa.

Fica com o coração que do corpo a gente sempre cuidou.

ITT

VANESSA

Quando ontem eu acordei e olhei pro lado, não acreditei na própria sorte. Espalhados pela cama, invadindo o meu lado, os cabelos castanhos da Vanessa. As pálpebras desorientadas apontavam o sonho do sono profundo. A boca, meio aberta, deixava escapar um ronronar tranquilo de descanso. A baba doce molhada dava num círculo perfeito no seu travesseiro. Revirei-me feito um gato, com calma para vê-la ainda mais de perto. Vanessa era linda e era minha. Por que uma mulher dessas resolve ficar comigo, um qualquer, não era compreensível.

No dia do nosso casamento, Vanessa se arrumou com o capricho de uma estrela. Aquela mulher andando pela igreja afora vinha me encontrar. Era possível aquilo? A cintura dela, agarrada por uma fita branca, de uma finura impressionante, a cintura. Vanessa era uma mulher de juízo: agradecia o açúcar, dispensando-o.

Cuidava de mim com o carinho dos apaixonados. Fazia saladas, carnes grelhadas. Queria minha vida longa. Às sextas e sábados, tomávamos vinho.

Ontem, quando acordei e olhei pra essa mulher, não acreditei na sorte. Choveu. Um céu cheio de raios. O tempo foi fechando e escureceu bastante.

Amanhã, quando acordei, olhei para Vanessa e não acreditei na própria morte. A mulher que dormia ao meu lado era desconhecida. Sua baba no travesseiro já não era doce. Roncava e não me deixava dormir. Os cabelos permaneceram longos não sei o porquê. Não tinham viço. As pontas alaranjadas e queimadas da vida inteira passando por ela.

A cintura envolta na fita do dia do casamento ficou congelada nos retratos. Vanessa não se olhava no espelho: tinha medo. Um dia encostei meu pé na coxa dela e pedi desculpas. Ela não era a Vanessa. A coxa não era dela. Encontrei seus olhos e era ela sim. Lá estava o tempo em forma de Vanessa. Eu não tinha razão de me olhar no espelho. Quem precisava guardar o tempo, seu frescor e suavidade era Vanessa, não eu.

Já eram duas e quarenta da manhã quando rolei pro lado do que passou a ser minha esposa e ela não estava lá. Não era a primeira noite sem ela. Já são aqui contados seis anos que Vanessa sumiu. Dizia pra mim enquanto me servia o jantar requentado que um dia eu daria valor a ela. Que um dia ela se mandaria pra nunca mais. Que eu sentiria falta da linguiça sequinha que só ela sabia fritar, dos pastéis de carne e de camarão, do bolo de cenoura.

Pulei da cama. Eram duas e cinquenta. Abri a geladeira. Um polenguinho, uma garrafa de cerveja pela metade, a embalagem do Café com Gosto e um resto de empada dentro, acusavam que Vanessa de fato não morava mais aqui. Susana e Osvaldo vinham ficar comigo nos sábados. Confirmaram que ninguém tinha a mãe deles. Ela não era de ninguém. Eu sabia que acharia espaço nesse vazio pra mim, pra minha volta. A coxa flácida com veias grossas e azuladas passariam a não me incomodar. O cheiro de óleo no cabelo compensaria pela mesa

46 –

farta de salgadinhos, comida da boa, as camisas passadas, o vinco da calça.

Susana e Osvaldo chegaram no sábado às dez. Quem os trouxe foi Vanessa. Da minha janela vi aquela mulher redonda, chegando, com muita dificuldade. Eu sei que sentia dores. As veias uma hora iam estourar. Senti remorso. Encontrei dentro dos olhos dela um enorme desdém. Não vi mais a mulher do dia do casamento. As crianças me asseguravam que sim, Vanessa queria voltar pra mim. Mas por que então foi embora? Eu sabia que eu era sua casa, seu melhor amigo, seu porto seguro, essas porras todas que mulher fala.

Susana e Osvaldo assistiam ao DVD. Fiz um café pra Vanessa. Pequei por servir num copo de requeijão. Mas eu era desses. Sem sofisticação alguma. Vanessa sabia disso. Era tudo muito familiar. Comecei a me convencer de que era aquilo ali o problema. Vanessa me conhecia muito e não tinha mistério pra ela. Por isso tinha saído de casa. Eu não sentia falta das varizes e do cabelo oleoso da Vanessa. O hálito da manhã era detestável. A pele vermelha e já suada depois do banho escaldante chegava a me dar repulsa. Só não suportava ficar sozinho. Se encontrasse outra, nova em folha, teria que me explicar, teria que maneirar na cerveja, não poderia arrotar depois do jantar. Vanessa já sabia daquilo. Aquele era eu.

Aproveitei a hora de servir o açúcar do café. Segurei firme naquelas mãos suadas e gordas, mergulhei meu melhor olhar dentro da observação dela. Estava comovida. Emocionou-se. Pedi a volta. Na cara dura pedi a volta.

Dos olhos da minha Vanessa, um rio. Tocada ela segurou minhas mãos com a firmeza e a proteção de quem não traz boas sementes.

Extraordinariamente escuto da boca da Vanessa o que soou como uma profecia.

"Não volto porque não te reconheço mais. Estou com Deus, Orlando."

Tudo o que eu sempre fui passou a ser o que Vanessa estranhava. Não sabia mais quem eu era porque eu nunca mudei.

Vanessa foi embora. Deixou comigo os meninos. Foi o coração. Estourou antes da veia da perna. Agora está mesmo com Deus. Há merecimento.

CECÍLIA

Era eu. No reflexo do vidro era eu. Meu cabelo era uma juba bem cuidada, meticulosamente bagunçada, com cheiro de flor quase murcha não fosse por mim mesma a injetar–me de água, na tentativa de evitar a tragédia que é a morte plena. Morrer aos poucos ainda é alguma vida.

Passei os olhos discretos pelo vagão. Um homem me chamou a atenção. Meio careca e já suado às oito da manhã. Traços finos, nariz agradável. Será que ele me queria?

Passava dias pensando se alguém ainda ia me querer. Rodopiei os olhos e vi um homem bonito. Tenho horror a homem bonito. Gosto de beleza em esculturas, quadros, não em homem. De certo eu era velha pra ele, mesmo que ele não tivesse menos que cinquenta anos. Notei a mulher que devia ser tão invisível quanto eu. Quis beijá-la, mas seria por pena.

Voltei os olhos para o homem meio careca. Ele lia literatura barata. Incomodou-me o meu desprezo. Se eu fosse menos esnobe, talvez meu marido notasse que eu tinha um mar nos olhos e que eu tinha uma boa estrutura óssea.

O homem meio careca notou que eu me via no reflexo. Eu jogava os cabelos pros lados na tentativa de um bom ângulo. Ele sorriu. Eu apertei os olhos. Enrubesci. Aquele homem não

– 49

sonhava com uma mulher feito eu. Eu era tanto pra ele, e assim mesmo eu estava disposta a levantar a saia e mostrar meu mundo pra ele, pro homem meio careca.

Não trocamos telefone e nem um segundo olhar. Estive viva. Ninguém precisava saber disso. Agora precisava voltar a morrer. Depois do trabalho a volta pra casa me esperava.

Não sei se já falei sobre esse dia impressionante. Minha memória anda falhando.

Estava invisível há umas duas horas. Tinha esquecido a toalha no quarto e precisei andar pelada até a cama, cortando a sala pelo meio. Acabei cortada pelo desprezo no olhar do marido. No quarto, encarei um espelho que cobria quem era dos pés à cabeça. Era enorme o tamanho da minha humilhação. Pensei bem em como fazer o caminho de volta ao banheiro. Talvez nem precisasse. Tinha roupas ali no quarto. Mas quis. Andei lentamente e adentrei a sala. Meu marido esticou a cabeça evitando a minha imagem sem roupa no meio do seu caminho. Era um jogo de vôlei. Eu me desculpei e apressei o passo. No banheiro, enrolei-me na toalha e no perfume caro. Tinha ganhado aquele frasco há uns quatro anos, quando viajamos pra Campos do Jordão. Usava só em ocasiões especiais. O vidro cheio mostrava a tragédia. Cortei de novo a paz do marido. O rastro do cheiro caro não fez o homem mover uma ruga do rosto gordo e velho. Lá do quarto eu via a ponta da barriga dele. Sabia das suas mudanças. Aprontei-me. Camisa branca de linho caprichada com um colar que, feito cascata, me deixava com ar primaveril. O colar também tinha sido presente. Aniversário de casamento de dez anos. Aquilo já tinha umas duas décadas. Passei o batom. Passei pelo marido. Anunciei que ia comprar leite. Ele pediu para trazer cerveja. Num último espanto, parei na porta de saída e olhei aquele homem, que nem sabia mais quem era. Ele não desgrudou os olhos do jogo. Brasil ganhava de dois sets a zero do Japão. Quem se importa? Fui embora dali sem ar e cheia de determinação em encontrar alguém que notasse o vinco na camisa de linho, o colar. E depois de perceber tamanho capricho, soltasse tudo aquilo de mim, me dando a honra da desonra. Voltaria para casa sem nem me importar se o jogo já teria terminado.

Surpreendi-me com uma faísca no chão bem na saída do metrô. Meus olhos, felizes, vazios no anseio da cheia, foram ver o brilho de perto. Pronto, a morte certeira. Era a chuva que molhava um chiclete grudado no concreto. O dia seguiu conforme era preciso.

Meu marido me espera em casa. Tem meias cerzidas, unhas bem cortadas, sapatos brilhantes. Não consigo mais olhar seu rosto.

ADRIANA

Há vinte anos estou casada com um homem que eu detesto.

Não suporto mais ouvir a risada dele. Antes era só a cara. Aquele focinho de palhaço. Agora, comecei a notar que ele ri dele mesmo, das piadas grosseiras que faz sobre mulheres. Ele ri e puxa o ar e a saliva ecoando o som que faz dele um completo idiota. O suor da testa está sempre ali. Pingos e gotas fazem aquele rosto ainda mais detestável. Está calvo, um crime para os homens de bem. Já disse para raspar a cabeça. Ficaria tão mais digno. Mas não quer se livrar do resto de cabelo que tem. É apegado aos fios laterais que lhe restaram. E como são feios.

Ele se sente inteligente porque tem opinião política. Quando compra o jornal de domingo me entrega a revista de moda e comportamento com um sorriso besta de boca torta que sempre teve e eu, veja bem, nunca notei!

Quando soubemos que nunca teríamos filho, entrei numa depressão profunda. Sempre quis tanto uma criança, talvez pra me distrair do que vinha se tornando esse homem.

Era possível que eu tivesse menos raiva dele agora, se tivesse um filho pra olhar. Quando saímos do médico, numa tarde chuvosa, com ruas alagadas no Leblon, o cretino me levou pra um chope. Lá, sentado e agarrado à minha mão, suando feito

— 53

um porco indo pro abate, me disse nos olhos que me mandaria para um fim de semana inteiro num *SPA*. Que eu poderia até levar a Ludmila como companhia. Ele pagaria tudo. O problema era que, com a depressão, eu sentia pouquíssima vontade de me cuidar...

Quando nos levantamos da mesa e fomos achar um táxi, reparei nos pratos. Ele se encheu de bife acebolado com alho. Eu tomei água. Ainda me disse que estava cheio e que gostava daquele barzinho. Não notou que eu tinha perdido o apetite. Achamos um táxi. Ele me deu um tapinha na bunda e sussurrou no meu ouvido que queria me comer quando chegasse em casa. Quando ele falou baixo no pé do meu ouvido, cuspiu e eu senti o bafo de carne com alho, cebola e cerveja. Quase vomitei ali mesmo na rua. Ele nem notaria. Acharia que era efeito de algum remédio pra essa minha tristeza sem razão que não passa.

No táxi ele falava uma montanha de besteira e ria sozinho, puxando aquele ar com cuspe e fazendo aquele barulho idiota. Aquela boca torta. Aquela cara de besta. Cretino.

Chegamos em casa e eu fui tomar banho. Chorei tanto quanto o chuveiro, de pena de mim. Se eu tivesse ouvido o pai, teria previsto o bosta que morava comigo agora e que me tratava com tanto machismo. Se eu tivesse ficado com o outro, de quem eu gostava, talvez fosse mais feliz. O cruel das decisões é que elas nos negam o futuro que era pra ser.

E se eu voltasse e procurasse o Renato, numa tentativa, a última? Possivelmente não daria certo. Em pouco tempo ele se tornaria o que o meu marido se tornou. Teríamos feito filhos, quem sabe. Eu teria me descuidado. Ele teria me traído. Uma vidinha xinfrim e machista cairia sob nosso telhado e de lá, a gente assistiria à prática de uma teoria vulgar: felizes para sempre, apesar dos pesares.

Do banho pulei pra cama. Lá, o homem calvo, com um riso detestável e o suor indesejável, me queria. Corri para o banheiro em náusea. Vomitei. Assim ele não insistiu. Pedi que abrisse a cortina, a janela, me deixasse descansar, estava passando mal. Chovia e o mormaço limparia aquele pós-barba caro que caía tão vulgarmente nele. Tinha pavor que me tocasse. Grudava em mim o cheiro de quem eu mais repugnava. Ouvi ele ao telefone marcando com o Beto, uma pizza no sábado. Pediu ao amigo que levasse a esposa, já que eu precisava me distrair, falar de moda, de celulite, de sapato e perfume. Engataram a conversa sobre o campeonato carioca. Abri até o fim a janela do nosso apartamento. Que lindo estava aquele Rio de Janeiro nojento! Lá de cima, do décimo segundo andar, era irresistível. Senti-me como se estivesse lá no alto do Pão de Açúcar. Lá de cima, essa joça, essa merda de lugar é tão plácido, poético até. Aposto que quem canta o Rio canta lá de cima.

A vista da minha janela era irresistível. Lá estavam a padaria, a farmácia, a loja de móveis, o salão de beleza, a clínica, a escola de inglês. Não botei a cara ao vento, fora da janela. Se colocasse e virasse pro lado, via uma ponta do mar. Barulho nenhum a não ser da chuva. E a água ainda fazia brilhar tudo: carro, gente, prédio, sacos de lixo, manchas de sangue...

Minhas pernas estão com a pele seca. Sai sangue vez ou outra. Secura. Eu me esqueço do creme. Ninguém me toca. Sou invisível. Transparente. Um nada. Sirvo café, almoço, jantar. Perco o apetite todos os dias. Abro sorrisos, compro revistas e me esqueço de passar creme nas pernas de novo. O homem que mora aqui é morto. Se ao menos arrumasse uma amante.

Mas está aqui, feito eu, quase não respira. O coração parou. Se acelerar agora, corre risco. Fiquemos assim, quietos, debaixo das cobertas, ouvindo a chuva. Uma hora crio coragem e voo através da vista da janela, num pé d'água qualquer de um dia lindo como esse.

Daqui da janela, com um vinho na mão, ainda espero o despertador tocar dizendo: "é futuro! Chegou. Pode ir!" Dá a impressão que o alarme está estragado. Não soa, não faz que vai. Imóvel. Tão parado quanto a minha vontade de viver. Acho que não duro mais três anos... E se eu poupar o futuro de qualquer trabalho? A vista é, afinal, deslumbrante!

O futuro não veio. O despertador não tocou. Quando chegou a morte ainda era presente. Eu sei. Eu senti. Não doeu. Acabou, e acabou com o agora. O futuro não existe e a cidade do alto brilha lindamente.

MARIA DULCE

O clarão nas minhas pálpebras trêmulas indicava que o melhor já estava há uma noite de distância. Acordaria ainda que estivesse escuro. O cheiro insuportável de roupa suja do homem ao meu lado me fazia espichar o pescoço à procura de ar que não fosse o dele. A cada bolo de saliva engolida por ele, eu sentia o ar podre achando saída pelo nariz. Meus ombros contorcidos em tensão esperavam profundamente o descanso. Ele há de descer na próxima parada. Abri meus olhos de forma que faziam um risco. Avistava os meus cílios enrolados, tantos cílios. De olhos fechados para o vizinho de poltrona, mas abertos pra mim, percebi uma renda correndo na minha calça jeans. O sol e o outono estavam ali comigo, por alguns metros, no vidro, refletindo o tempo. As folhas passando com pressa na minha roupa, estampavam de sombra o dia.

A Polônia já era coisa de ontem. Adentramos a Alemanha numa luz laranja que quase me fez esquecer que a trajetória a partir de agora seria o inferno. Meu voo sairia na manhã de vinte e seis de agosto. Hoje ainda é dia vinte e cinco, sete e quarenta e seis da manhã. Não quis aprender a ver as horas. Não aprendi bem a contar, me chateava. Meus relógios são digitais. Precisos e confiáveis. Certeiros. Tinham as mesmas qualidades da morte. Até a renovação dos dias era parecida. Se a morte não golpeasse um hoje, refrescava-se, mas não falhava. Feito meu relógio digital, vinha com muita certeza. Se eu quisesse poderia apontar os segundos e até os milésimos se acionasse o cronômetro.

Em Berlim minha baldeação seria em Charlottenburg. Uma prima de uma amiga que viajava deixou que pagasse por uma noite apenas pela sua kitchenette num bloco de apartamentos de aparência tão opressiva quanto a coleção de grafites da calçada, pedindo liberdade.

Cheguei no apartamento às nove e meia da manhã. O homem com cheiro de suor me acompanhou até o fim da linha. Liguei o chuveiro e tentei me livrar do meu companheiro de ônibus. O ardor sufocante do suor dele nas suas roupas miseráveis tinha se fixado nas minhas narinas. Percebi que precisaria de dias até me purificar daquele cheiro, o que seria impossível, visto que eu avançava a cada hora para mais perto do enterro do meu irmão.

Ralava o sabonete de menta contra o meu corpo numa briga sem cautelas. O cheiro não saía. Eu sei, pensando naquele dia debaixo do chuveiro, o que me contaminava era o cheiro do porvir, da morte, da sombra que minha mãe faria com seu olhar.

Saí para ligar pra Polônia. Em Bialystok, Pawel esperava notícias já em ansiedade. Distraí sua preocupação com corriqueiros comentários sobre a viagem, o livro finalmente lido e concluído. O cachecol que eu não usaria. Estava amena ao telefone. Não lhe serviria tumulto emocional. Não achei que devesse forçar-lhe preocupações. Eu estava, ao telefone, bem. Desligamos assim.

Andei por Berlim com ar de novidade. Mesmo morando em Bialystok há seis anos, nunca tinha pisado lá. Há quase dez anos o muro tinha sido furiosamente destruído pelas caras sisudas que eu via nos metrôs. Com o que será que tanto sonhavam? Se fosse com alegria, tinham fracassado. As caras fechadas me escandalizavam. Ainda era verão. O que mais queriam?

Muita gente se posicionando em frente ao muro. Pais com crianças, adolescentes em intercâmbios. Será que aquela fronteira fez alguma diferença pra eles? Sentei-me num bar claramente feito para pessoas como eu. Turistas sem compromisso, com um bocado de tempo para queimar. Pensei em pedir um peixe, mas tive receio de que viesse do rio ali na minha frente. O rio tinha jeito de sangue, de guerra. Pedi frango. Acabei não comendo nem metade. Perdi o apetite. Tomei três taças de vinho branco. Sabia que teria imensa dificuldade para dormir e só não tomei uma quarta taça porque senti dor de cabeça.

No caminho de casa até Charlottenburg, sentou-se do meu lado, no metrô, um rapaz que não tinha mais que trinta e cinco anos. Foi cordial, sorriu, parecia disponível. Não me veio à lembrança que eu era casada, que Pawel, comigo, se empenhava em fazer um filho. Não tive preocupações com estado civil. Meu estômago revirou com a possível liberdade, poder. Uma vez prometi pra mim, num desses rompantes ridículos da adolescência, que jamais seria presa. Que qualquer amor que me tirasse a liberdade estaria comprometido e findaria. Mas agora eu era casada com um bom homem. Facilitei uma conversa boba com o homem do metrô. Acabei parando com ele perto do Portão de Bradenburgo. Jens era dali e queria me mostrar a cidade. Eu comprei a cantada barata dele, mesmo achando patético que um homem faça investidas tão simples assim numa mulher de trinta e quatro anos. Jens tinha saído pouco de Berlim. Havia passado férias na Espanha e na Turquia. Era solteiro. Não me pareceu ter muita informação a dar. Contei que estava a caminho de casa e que essa casa era no Brasil. Não estava nos planos voltar agora. Eu ia para o enterro do meu irmão. Vi genuíno desespero nos olhos do alemão. Ele se enrolou um pouco, mas perguntou:

— Você é casada?

— Sim. Sou casada.

Na quarta hora seguida daquela, bati a porta. Jens foi embora e fui tomar banho. Mais uma tentativa de purificação. Dessa vez não ia conseguir. Ele tinha dizimado qualquer espécie de honra que eu tivesse em mim. Jens parecia-se um pouco com Pawel, de maneira que, se eu estivesse grávida ou tivesse ficado grávida hoje, não faria diferença alguma. A criança teria olhos azuis, cabelos loiros e se pareceria com Pawel. Fosse de quem fosse.

Durante a noite dormi muito mal. Ouvia passos no corredor, conversas baixas, mas firmes, bem do lado de fora da minha porta. Era igual ao dia que cheguei em Varsóvia, pisando numa neve fofa e grossa dentro de um janeiro que me prometia vida nova, fora da miséria que era o Brasil.

A língua estrangeira é assustadora. Parada do lado de dentro daquela kitchenette em Berlim, senti tremer de medo meus ossos. Quando não sabemos uma língua, ficamos vulneráveis, expostos à boa vontade do próximo. Há pouquíssima boa vontade restante no mundo. A língua arranhada, comprimida e banhada por consonantes guturais me dava medo. Poderiam estar tramando o meu assassinato. Poderiam estar discutindo as frutas da estação, o encanamento furado, um estupro coletivo, ou as próximas eleições na Alemanha. Dormi com um olho aberto.

Quando clareava naquele vinte e seis de agosto, peguei no sono. Por sorte o despertador funcionou e fui tomar meu terceiro banho naquele buraco de apartamento. Sentia medo no chuveiro. Mesmo com a luz já alta lá fora, tinha pavor que tocassem o interfone e eu tivesse que explicar que não morava ali. Tive medo de fazerem alguma entrega. Pensei que algum religioso pudesse bater e tentar a sorte na minha porta. A falta da língua me apavorava por completo. Saí antes da hora prevista. Precisava deixar Berlim para trás. Não precisava tentar esquecer o homem que encontrei na noite anterior. Aquilo já tinha passado. Sem culpa, sem significado algum.

Demorei para chegar no aeroporto. No ônibus fedido, vim balançando em pé. Será que, com o verão os desodorantes tinham se esgotado das prateleiras? Olhos tensos e vagos se cruzavam. Quem ali dentro ia, feito eu, encontrar o passado todinho em menos de treze horas?

Senti o peito dar um nó. Pela primeira vez pensei na desagradável sensação de ter que encontrar minha mãe. Pensei no meu irmão quando me visitou em Bialystok num Natal muito feliz, junto da namorada calada. Bebemos, rimos alto, dançamos, estivemos bem. De fato, o ano que se seguiu foi gentil para nós. Ele começou a trabalhar como engenheiro e me prometeu que se mudaria para a Alemanha para ficar mais perto de mim. Esperei demais. Ele nunca veio. Sentia naquele momento a cabeça apitar como se fosse invadida por um trem bala. Precisava andar. Se parasse, o chão chacoalhava e a cabeça apertava e tremia feito dois parafusos frouxos.

Quando começamos a colecionar memórias, as lembranças, a tal infância? Não sei! Naquela noitinha, nós dois de banho tomado, cabelos lavados e pregados para trás da cabeça, lambidos e limpos, dançávamos no sofá rasgado. Dava pra ver a espuma amarelinha do sofá velho. Ele cantava uma música de besouro e rodava no meio da sala feito uma pomba gira.

Nas festas de aniversário da vizinhança, a roda da saia da mãe me fazia ficar. Esconderijo. Meu irmão me puxava pelo braço com vontade imensa de festa. Brigávamos demais. Nós nos amávamos um tanto. Gostava de abraçá-lo pelado. Sentia tudo o que eu não era. Apertava-lhe o pênis, encolhido, miúdo, uma brincadeira de irmãos. Até o pai chegar e fechar a cara. A mãe explicava que Deus ia se importar, ficar bravo. Deus estava vendo. Mas a gente não via Deus e de noite, eu pulava pra cama dele.

Só quando me mexo me desaperta o apito do trem. Chorar também alivia muito. Se eu me deitar, o chão vai chacoalhar.

No aeroporto tive tempo para mais umas horas de paz. Dali pra frente tudo apressaria minha vontade de viver. Sentei-me num restaurante. Consegui uma janela. Lá de dentro via o que fazia todo mundo correr lá fora. Era o tempo. Era a falta dele.

Duas crianças sentadas com a mãe comiam sopa. A mulher tentava se saciar com umas folhas de alface, beliscando nas migalhas de pão que os filhos, distraídos, não viam. Ela tinha fome. Mas tinha também disciplina. Tinha um corpo esbelto, agradável. O pescoço era infinito e trazia um lenço de seda amarrado em três voltas. Cobrava bom comportamento das crianças. Comiam a sopa como se cortassem um queijo. Ouvia o barulho das boas maneiras numa música orquestrada de imensa monotonia.

Nossa sopa era o pão de cada dia. Era um alimento tão familiar que sentíamos o direito de brincar com ele. Soprávamos o caldo com a boca bem fina e imaginávamos um mar de ondas, carregando barcos para ilhas desertas com tesouros maravilhosos e pratas raras. Meu irmão não sabia soprar sem sair-lhe da boca um leve assobio. Eu achava graça. O pai ralhava. A mãe não queira o pai aborrecido. Numa dessas jantas das sete da noite, a mesa estava servida com mais uma sopa de legumes, grossa, da estação, bem temperada. Comida das boas. Começamos a soprar para brincar e para comer. Da boca do meu irmão um assobio fino começou a sair. Eu ria de gargalhar e aquela alegria passou a incomodar a mesa bem posta e comportada. Minha mãe se enfezou com o assobio fino. De repente, deu um tapa que era para pegar o rosto do meu irmão, mas pegou em cheio a colher. A sopa caiu amarela e grossa, queimando o torso do meu irmão que gritava de dor. Viveu até onde pôde com aquela marca no peito. Mamãe sentiu muito, mas quem se comoveu de arrependimento foi o pai.

No letreiro luminoso a espera. Ainda tinha tempo pensando no quanto me caía bem a vida longe da minha mãe. O voo ainda ia demorar. Fiz uma ligação para Pawel. Pedia mais notícias. Ele falava do quanto me queria de volta logo, e feliz. Dizia ao telefone que pensava na nossa família, na que iríamos começar.

Passei numa livraria para escolher um livro. As opções em inglês eram poucas. Em português eram inexistentes. Decidime por uma revista em inglês. A leitura da revista dá pra ser interrompida caso algo extraordinário passe por mim.

Faltava uma hora para o embarque. Última hora para pisar no chão até pisar de novo no que eu tentei desesperadamente esquecer. Três anos sem ver meus pais. A cada ida minha, parentes sem qualquer significância faziam questão de apontar como eu me parecia com a mãe. No dia que fui embora, fui embora dela, da sombra que faz quando olha pra gente. Bonita minha mãe. Boas feições, perfil elegante, nariz magro e pequeno. Os olhos verdes são congelantes. Esfriam até um dia de janeiro por lá. Sempre trouxe tanta repreensão no olhar que parei de vê-la. Se procurasse seus olhos ela certamente rejeitaria minhas ideias. Mamãe foi feita pra dizer não. Sentia pena dela. Deu duro na vida. Queria tanto ter dinheiro, comprar roupas, móveis caros. Desenvolveu um gosto por quadros e peças antigas que quase nos faliu por completo. Fez empréstimo onde trabalhava só pra fazer bonito na sala de casa. Disse que era para gastos com doença, mas era vaidade. Não sei se nos enxergava. Nos encontrávamos pouquíssimo. Ela trabalhava num banco. O pai na repartição. Eu e meu irmão ficávamos com a minha tia. Titia era cega de um olho, um olho branco, fosco. Velho diabo que não enxergava muito. Vivia tropeçando nas quinas de casa e quando o tio batia nela, ela falava que o roxo era pela vista pobre. A preta Onória e a filha adolescente ajudavam a tia com a casa, a comida, as compras e se ocupavam de fazer com que eu e meu irmão não andássemos sem chinelos. Colecionávamos bicho de pé. Uma batata maior que outra. A filha da Onória vinha com a agulha tentar tirar. Tinha prazer em escarafunchar aquela dor dentro da gente. Nem álcool passava antes. Eu me sentava no colo dela e uma batata, duas e quantas mais? Ela me levava pro banheiro no caso de sair sangue e precisar lavar o pé. Ficávamos lá dentro uns bons e longos minutos. Ela mandava eu tirar a calcinha e acariciava tudo o que achava. Lambia minhas pernas e meu pé. Depois me vestia e dizia pra eu ficar quieta senão ela mandaria a Onória fazer pior.

Percebi que o mundo era cafajeste não por causa da filha da Onória, mas porque eu não ligava para o que ela fazia comigo. Eu gostava. Gostava quando lambia minhas coxas. Ela continuou o que outros chamariam de abuso, até eu fazer uns treze anos. Sentia a barriga explodir de desejo quando ela tirava minha calcinha. Mas a Onória foi embora da cidade. O marido matou um homem e tiveram que fugir. Não saberia mais dos três e do bando de filhos que carregavam, feito bananas em penca, aos montes, sem cuidado, num balaio só, as de qualidade e as podres.

Na fila do embarque passou rente a mim um homem parecido com o Jens. Pensei no que tinha feito. Procurava muito sentir culpa, mas ela não vinha. Nunca veio. Pensei no Pawel arrancando do banco todo o dinheiro que tinha para custear minha viagem ao Brasil num momento tão trágico. Ainda assim segui tranquila. Ninguém nunca saberia o que se passou naquela noite em Berlim. Não era a primeira vez que eu traía Pawel. Meu marido era desses homens que têm no semblante uma calma que me permite o trânsito em caminhos diversos. Uma pessoa boa, justa, atenciosa.

Já prestes a entrar no avião, voltei a pensar no Jens. A poucos passos faria a viagem que fecharia toda a minha obrigação e toda a minha vontade de pisar em casa de novo. Com o fim do meu irmão, nem minha mãe e nem meu pai valiam mais a pena aquele trânsito todo. Será que o Jens tinha uma namorada? Talvez fosse um doente mental. Poderia estar deprimido? Talvez fosse um criminoso. Poderia ser crente, fascista, racista, político, síndico de um prédio, ator, jornalista, professor, médico, garçom, eletricista. Podia ser qualquer coisa e por tudo isso, ele não era ninguém. Tinha causado pouquíssimo impacto em mim. A razão de eu ter convidado aquele alemão estranho para o apartamento que não era meu, foi só uma: sexo. Queria muito abrir as pernas e ele me pareceu limpo. Se Pawel estivesse comigo, teria aberto as pernas para o meu marido sem nenhum problema e com a mesma vontade. Era sim, portanto, uma simples vontade, sem drama, sem rompante algum.

* * *

Nunca mais me lembrei daquele alemão da noite do dia vinte e cinco de agosto de noventa e nove. Nem quando meu filho nasceu, sete meses depois, voltou ao meu convívio a lembrança daquela noite.

Jakub nasceu um bebê lindo. Loiro e de olhos azuis, uma visão mágica do que pode ser a luz de um filho. Veja tudo o que eu tenho! Um marido agradável e dedicado. Um menino tão bonito. Uma casa confortável. Não tenho mais meu irmão, mas não devo me importar. Eu sou mãe e por isso mesmo devo estar muito feliz. O que mais pode uma mulher aos trinta e cinco anos querer para que sua vida seja completa? A maternidade me parece a resposta óbvia.

O travesseiro era de bolinhas azuis. Era menino. Dois meses. Não aguentei. Vestia um macacãozinho listrado, amarelinho. Alguns patinhos nadavam nas listras. Não aguentei.

A desvantagem do voo diurno era a de não pregar os olhos. Precisava muito dormir e profundamente. Meu futuro seria feito de horas em claro, noites trocadas, olhos fundos, pesadelos, o inferno. Não fosse pela morte do meu irmão, seria pelo nascimento do bebê, o choro, as cólicas, a fome.

De fato, não dormi. Ao invés, pensei, lembrei-me. Passei a limpo o que já não tinha tempo para lavar, limpar, esclarecer. Senti muita raiva do meu irmão. Prestes a cair no penhasco não se lembrou de mim. E agora, faço o quê?

Antes do Jakub, possibilidades.

Teve o inesquecível clichê professor e aluna. A gente transava o dia inteiro. Uma vez foi no corredor da faculdade. Ele tinha acabado de falar de Literatura Grega. Eu tinha terminado uma aula sobre Mallarmé. Comecei a frequentar cada vez mais o sobrado no centro do Rio. A gente se acabava na biblioteca dele. Lembro-me de sentir um tesão insuportável quando eu, caída no chão, com as mãos presas, vi no meu quadril um livro de Goethe. Num revirar de olhos tremidos e cheios d'água, encontrei na estante Florbela Espanca. Eu estava perdidamente apaixonada pelo intelecto daquele homem. Ele prestava uma atenção grande à água que saía dos meus olhos, no final, quando encontrava Florbela na estante. Queria tanto aquela inteligência. Queria que fosse contagiosa aquela mente brilhante. Nosso caso acabou quando ele começou a insistir que o gato nos visse transando. A noite passou. Banho, um gole de café e eu só queria ir embora. Adorava ir embora. Era tão bom quanto chegar. A falta de compromisso era minha companheira. Aquilo me caía bem. Mas o gato começou a estragar meus passeios. Já estava no limite. Forjei uma alergia, mas era medo mesmo. Eu, pelada, sentada na cama bebendo água, ele jogou o gato no travesseiro. Quem se arrepiou de pavor fui eu. Fiquei com medo e por isso continuava voltando pro sobrado. Até ele pegar o gato pela pelanca do pescoço e colocá-lo

– 67

em cima dos meus peitos. Saía arranhada. Não era do nosso agrado, nem meu nem do gato.

Meu irmão morreu mês passado. Uma turbulência ainda me assombra. Às vezes, quando estou deitada, a cama balança. Tenho a impressão de que vou cair. Meus pais me ligaram dando a notícia mais feia deste mundo. A senhora mais coerente e certa nas nossas vidas, feito uma Medusa, olhou pra ele e ele virou pedra. Até hoje sinto o ouvido apitar feito um trem. Só passa quando choro. A turbulência se alterna com o apito. É diabólico. Cheguei só para o velório. Os mesmos rostos que aparecem em todos os velórios, desde que eu era criança. Essa gente não morre? Eu via tudo duplicado. Em volta do dia tinha uma barra roxa caindo em camadas na gente. Cheguei perto do caixão dele e vi um homem de borracha. Arrumei o fio da sobrancelha. Estava fora do lugar. Sempre teve duas taturanas acima dos olhos. Era lindo. Estava horrível. Era um defunto. Tinha a morte em volta, em cima, em baixo. Cheirava a vela, a cravos. Corri pro banheiro pra passar mal. Coloquei a cadeira ao lado dele, como se velasse mesmo. Estava tão duro. A carne esticada, fria. Lembrei da pedra de mármore que a vovó tinha na casa dela. Era a mesma coisa. As unhas roxas feito o dia. As cutículas amareladas. Hematomas, inchaço, no pescoço a marca da corda. Pobre diabo. Nunca soube que beirava o precipício. Vivia namorando um penhasco e a sereia cantou pra ele. Lá se foi meu irmão, num mergulho para dentro da terra, ser comido por bichos e ser lembrado em datas nojentas, de gente morta.

Meu irmão me segue. Esse apito na minha cabeça que não passa. O chão chacoalha. Preciso sair de dentro desse lugar. Tenho um bebê lindo agora. Sou feliz.

Antes dessa alegria de ser mãe, teve o rapaz, católico, cheio de culpas, às duas da tarde no Hotel Empório da Getúlio Vargas. Se fosse um bar, o Empório seria um pé sujo. Tomei banho de mais de hora. Na recepção me pediram a identidade. Tinha dezoito, completos naquele mês. Vivia a vida dentro de filme. Imaginava o sexo à tarde, enquanto a cidade andava, corria, se agitava. Enquanto todo mundo se ferrando lá fora e nós dois sem fim num quarto com cheiro de cachorro molhado e com mofo pelos rodapés. Enrolei o lençol imundo de sangue atrás da porta como se fosse escondê-lo. De certo foi a primeira coisa que a camareira procurou. Ainda cheguei na frente do espelho e eu, só eu consegui ver o quanto tinha envelhecido ali, naquela meia hora. Saí antes do rapaz. Ele me seguiu. Andamos juntos por mais três anos. Tinha as mãos ásperas. Fazia esporte e as mãos ralavam nas minhas. Ralavam nos meus peitos, no bico. Ele pedia desculpas. Imagina.

Agora não sou mais sozinha. Tenho um lindo bebê. Que alegria! Tenho um marido também.

Por que meu irmão se matou, nunca vou saber. Estava bem, estava sorrindo, estava indo às festas.

Mamãe nos vestia com o mesmo tecido. Éramos um par de jarras. Um feminino, um masculino. Uma jarra de bermuda, uma jarra de vestido. Uma vez faltou pano pro vestido e a mãe remendou um coração no meio da barriga. O pai ria que o coração estava fora do lugar. Custei a querer criar coração. Coragem tive desde cedo. Criar coração era feito criar honra. Nunca tive. Meu irmão era decente. Tinha compaixão por tudo.

Meu filho se parece com ele, com meu irmão.

Vou me deitar, me sinto tonta. Sinto uma falta dele, do meu irmão. Cantávamos músicas de bicho no quarto toda

– 69

noite antes de dormir. A mãe vinha ralhar. O pai ria. Chegava a ficar rouca. Ele imitava uma minhoca. Que fim. Será que depois desses anos todos, já virou poeira? Quantos bichos já comeram sua carne? Será que já é só osso?

Feliz eu sou agora que tenho uma criança linda pra olhar. Antes era indecente.

Não valia muito. Meus banhos eram longos. Seguia um ritual pra amaciar a pele. Sabe lá o que daria o fim da noite. Na água quente despejava óleo de bebê. Entrava correndo no chuveiro e saía em seguida. Na toalha me enrolava. Deitada na cama, me enxugavam o vento, o sol, o que tivesse. Da janela aberta, o velho tarado me via. Eu não fazia nada. Ficava esperando o banho secar. O velho babava. Eu gostava.

Não consigo sentir culpa pela mãe. Deixei ela pra lá com o pai. O diabo que a carregue. Ouvi dizer que depois que o meu irmão morreu entortou o pescoço e a coluna encolheu, dando a ela um andar hesitante.

Andava muito de carro com meus pais. Quando íamos viajar, usava saia. Não usava calcinha. Quando passava caminhão, levantava a perna e a saia, e o motorista via o meu meio. Eu olhava os olhos daquele pobre diabo lambendo os beiços por causa dos meus pelos ainda fraquinhos, macios, crescendo. Meu irmão do lado, dormia debaixo do boné. Se estivesse acordado, dormiria do mesmo jeito. Às vezes à noite, eu pulava pra cama dele. Mas hoje a minha cama chacoalha tanto. Parece que vou cair.

Se chacoalhar muito a cama pode machucar o bebê. Tenho que ter cuidado.

A luz alaranjada vai dar ao meu menino o melhor dos sonos. Li na revista. Luz bem fraquinha. Lá fora, outono, talvez o outono mais bonito da Polônia. Bialystok e Pawel muito em breve se tornariam sombrios, feitos de inverno, secos, gelados. A cidade se refaria. Pawel nunca mais encontraria claridade. Nossa casa era nova, aquecida. Um casa de família. Veja da janela as minhas quatro estações! O quarto alaranjado trazia o outono pra dentro. Que beleza. Amarelo, vermelho, laranja. Arrumei as fraldas para as trocas noturnas. O leite morninho. A água, algodóes, talquinho neutro sem cheiro pra não irritar a pele. Na toalha, um leãozinho com coroa para o meu pequeno príncipe! Pinguei umas gotinhas de óleo de lavanda pelo quarto. Preparei com esmero a última noite daquela criança.

Não que crianças não me agradem, mas não costumo me envolver com elas. Sempre me interessaram mais os adultos. As crianças são simples e têm pouco a acrescentar. Há quem diga o contrário, mas os gritinhos, os chorinhos, as birrinhas, tudo isso me entedia.

Tenho pensado muito estes dias. Penso muito no remendo da minha roupa, o coração fora do lugar. O pai rindo, falava que eu tinha engolido o coração e que tinha ido parar na minha barriga.

Ninguém ouviu o choro amassado, a respiração em falha até esgotar. O finalmente. Coragem eu sempre tive. Coração era o que me faltava.

O travesseiro era de bolinhas azuis. Era menino. Dois meses. Não aguentei. Vestia um macacãozinho listrado, amarelinho. Alguns patinhos nadavam nas listras. Não aguentei.

– 71

SELMA

No hospital recomendaram que caminhasse. Andasse sem parar. Centenas de passos, milhares, se possível. Na sala onde é servido o café ela escolhe as músicas dos passos de hoje. A moça que serve o queijo tem má vontade. Seus olhos foscos gritam que não quer estar ali. Renunciam, rejeitam os que esperam um chá. Atrás da enfermeira, o quadro da Santa Ceia. Estavam todos lá aguardando para encontrar com a morte. Pingam tempos de espera. Ela podia pegar nas mãos o cansaço dos outros. Pesavam. Suas mãos, por pouco, não despencam dos seus pulsos que já fraquejam sem anseios, treinados para o de sempre. São rostos das oito horas ainda frescas. Não vê limpeza nos olhares apesar do dia recém-nascido. No meio dessa sombra identifica alguém. Talvez saiba até o nome. Ele também viu seus olhos. Investiu cinco segundos de firme olhar debruçado ao seu. Quem sabe também tivesse encontrado nela uma estampa diferente da monotonia branca desse fim?

Voltou ao que convinha. Guardou o sorriso que não teve tempo de trocar de lugar com as rugas duras ao redor da boca. Ela apalpa a testa e sente a ruga que antes do café não tinha. Agora sim, se reconhece. Rezava muito para que não cambaleasse na hora de se levantar da cadeira. Sairia dali, de onde velhos feito ela, babam e comem, banguelas, banana amassada, tomam suco de canudinho. Lá fora ainda tinha passos pra dar. Colocou a música aos ouvidos e ajeitou os pés com a determinação de quem fugia, mesmo que por um breve instante, da hora da morte.

Mas andar era duro. Doía. Cento e vinte nove. Antes de dar o passo número cento e trinta, hesitou como quem fosse enfim, cair. Há sete anos e meio tentava ruir, despedaçar-se, desaparecer, mas o médico e as enfermeiras receitavam-lhe esperanças e ela prosseguia com vontade de fim, mas covardemente sem grandes atitudes. Estava atrofiada. Talvez, se esperasse mais alguns dias, sumisse e ninguém perceberia. Nossa Senhora da Boa Morte deve ser essa, a do desaparecimento. Como se sem ruptura, o nada. Lembrou-se do primo que começou a faltar no trabalho às terças-feiras, dia que ninguém nota coisa nenhuma. A cada mês, acrescentava um outro dia da semana. Foi assim desaparecendo do trabalho. Começou a não fazer falta e tornou-se merecidamente, invisível.

As pernas quase tão finas quanto a bengala que segurava o corpo e a dignidade, cruzavam o jardim comunitário até completar trezentos passos. Estava naquela casa há tantos anos. Os filhos acharam por bem pagar quem fizesse por eles o serviço que não queriam fazer. Quem tem tempo para cuidar de mãe, de pai? Ficam os velhos com a boca torta e amarga, sonhando em sentir o gosto de amor e gratidão. Mas essas bondades não acontecem com todo mundo. São velhos, viveram até aqui, deveriam saber disso.

Na subida do jardim, ao lado direito e colado à casa azul de janelas ovais, ficava o banco. Lá a inscrição que lembrava a ela do fim certeiro. Mas quando? Chegaria a completar o passo de número centro e trinta? Chegaria ainda hoje aos trezentos? No banco a frase "para mamãe que foi tão cedo e deixou grande vazio". Lembrou-se da professora de redação que implicaria com a simplicidade infantil da frase. Infantil, já que quem reclamava a perda era um filho ou uma filha. Enquanto existir mãe e pai será dado o direito de ser infantil, já que haverá plateia.

Será que ouvia Vivaldi no fone, durante a caminhada? O rosto refletia Chopin ou algo de melancolia cortante.

Naquela manhã, não chegou a completar cento e trinta passos. Quando hesitou no número de cento e vinte e nove, cambaleou e caiu. Era o remédio novo dando a ela tonturas. Uma multidão em volta. Estava viva? Espalharam por aí que, curiosamente, no fone tocava Roadhouse Blues. No rosto não era então, melancolia. Era o tempo com mais de trezentos passos.

— 75

LÚCIA

O sol refletia através da goiabeira afora, na terra batida, há quarenta anos lá pelas bandas da casa do Zé Luís e dona Lúcia. Vez ou outra a chuva renovava a esperança dele em plantar arroz. Acabou criando bodes e cabras. Uma secura só! Lúcia ajudava com o queijo, até o dia em que a fiscalização chegou e viu a mulher do Zé Luís sem avental.

A mocinha que anotava no relatório, tomada por comoção, deu à Lúcia a chance de ir buscar o avental na cozinha de casa. Passaria por cima, faria vista grossa, como ela disse.

Lúcia não tinha nem avental e nem mentiras. Avisou que tinha mãos. Tinha quarenta e dois anos de queijo de cabra. Nunca viu um avental e nem uma moça da cidade se interessar pelos seus feitos.

Fecharam o que parecia ser de longe uma fábrica. Por anos e sem o avental, Lúcia deu as mãos ao Zé Luís e fizeram o melhor queijo de cabra da região. Tão bom que levaram os quatro filhos pra escola. Um fez-se até contador.

Lúcia, ainda menina, ia lá na fazenda do pai do Zé Luís ajudar na lida, já que eram vizinhos. Namoraram no milharal, no paiol. Namoraram na chuva e com sol pelando a testa. O mesmo sol que lasca de dureza a estrada de terra batida. Com

−77

cinquenta e sete anos, Lúcia não sabia fazer outras coisas senão seus queijos e namorar Zé Luís.

Depois da fiscalização colocaram os bodes e as cabras à venda. A moça da cantina da escola era conhecida. Arrumou um trabalho pra Lúcia na limpeza.

Zé Luís despencava era lágrima. Dizia que por causa dos bodes e das cabras.

— Imagine a beleza, Zé Luís, de não ter mais, nunca mais, a aporrinhação de berro na cabeça da gente às quatro da manhã?

Mas Zé Luís não chorava pelos bodes, nem pelas cabras. Chorava por Lúcia. Uma desonra ver a sua preta trabalhar na escola limpando mijo e merda dos outros.

— Eu não limpo os banheiros, Zé Luís. Só se me pedirem.

Lúcia voltava para roça fedendo água sanitária. Tentava tirar o cheiro de banheiro da mão. Zé Luís se desesperava. Queria dar uma varanda nova pra Lúcia. Agora sem queijo, sem cabra, a reforma ia ter que esperar. Não que não tivessem esperado antes, mas conforme a coisa ia andando antes da moça da fiscalização chegar, Zé Luís planejava comprar até piso frio cor de mármore pra enfeitar os pés da sua preta.

Agora a razão da sua vida lidava na escola. Limpava as merdas da manhã e as merdas da tarde.

Acordou mais cedo que Lúcia. Trancou a casa inteira. Não deixava, num chororô sem fim, a mulher sair de casa. Lúcia arrancou a conta da farmácia da gaveta e deixou em cima da mesa do café. Zé Luís, vidrado de humilhação, abriu as tramelas e soltou a Lúcia, já com os cabelos dentro do lenço pra labuta.

Zé Luís na tentativa de vender os animais, andava sem afazer algum. Lúcia lá longe apontava na estrada de terra com o sol se pondo, com uma broa, o café, o pão e a conta da farmácia

78 —

paga. Como andava difícil o Zé Luís. Temperamental que só. Pela primeira vez tomaram café sem dar bom dia. Dois bicudos. A cara feia do Zé Luís encontrou abrigo no desprezo da Lúcia.

Brigaram por mais de semana quando Zé Luís espiou Lúcia fazendo a sopa da noite com um avental de retratos do Rio de Janeiro. No ventre, a Baía de Guanabara. Ficou bonita a Lúcia com o avental.

Venderam as cabras e os bodes todos. Não sobrou nem Julião, o bode velho que os acompanhou aqueles tempos quase todos.

Deram a Lúcia o turno da noite, se quisesse.

Zé Luís voltou a sonhar com o piso frio na varanda.

Lúcia passou a pagar a farmácia em dia e abriu conta no mercadinho.

– As duas coisas são quase iguais, Zé Luís. O amor é o diabo. O tempo é o demônio. Mas os dois não se juntam porque querem o mesmo sangue. Então, eles se espiam no café da manhã, na hora de descascar o almoço, no ajeitar do terreiro, no lado certo da cama, no sim e no não. Num acredita?

Olha pra nós sentados nesta varanda velha feito nosso desejo. Parede porosa precisando de pintura. Há vinte anos que falamos em reforma. Agora quem precisa de um verniz somos nós. Diabo e demônio de mãos dadas. Num acredita?

Olha a parede de novo, Zé Luís. Enquanto você vê buraco, eu vejo um céu de estrelas. Mas as nossas mãos continuam dadas.

Amanda

Foi no elevador. Subíamos como se fossemos voar pro infinito. Era pra ser. Lá nos olhamos pela primeira vez. Minha avó estava comigo. Cara de amargura, dessas caras secas de quem já se desviou do amor faz tempo. Os olhos dela, apertados, viam o metal duro a frente. A boca toda presa em rugas que apontavam o rigor da vida fechada para alegrias. O pé direito em batidas curtas com jeito impaciente. Ainda não tínhamos passado pelo terceiro andar. Pararíamos no vigésimo quinto.

Com trinta e seis pavimentos, esperei que ele fosse além do nosso. A vó suspirou com jeito de demora. Não aguentava mais aquela explosão que testemunhava. O elevador talvez tivesse uma cor cintilante. Brilhos e estrelas saíam dos meus olhos que de tão disponíveis, olhavam pra cima sem parar. Minhas sobrancelhas arqueadas e aqueles meus olhos sonsos. Peguei meu dedo pra mexer, já que o coração pulsava dentro, inalcançável e em descontrole. Arranquei o esmalte em nervoso. Cruzamos olhares. Uma lua saiu dos olhos dele. Era linda! Meus olhos subiram novamente e confirmavam meu interesse. Olhava os números passarem, um a um, enquanto a vó estalava a língua no céu da boca ecoando um som de insatisfação.

Da boca dele veio o sorriso. Desviei o olhar em completa entrega. Não era possível olhar nos olhos. Evitei ver a lua dos olhos dele de novo. Evitei vê-lo. Evitei. Minha fuga, ele via, indicava meu interesse. Pensei na Fátima que olhava o homem que quisesse. Sorria e puxava conversa. Fátima ia direto ao ponto e não brincava de gato e rato. Coisa de antigamente, ela reclamava. Eu, pateticamente, presa num hábito inexplicável, era impossibilitada de sorrir, olhar, falar. Mesmo se a vó não estivesse comigo, continuaria olhando pra cima para sinalizar meu interesse. Mas ver os olhos, nunca!

Chegamos ao décimo segundo andar. Eu e Marcos de mão dadas. Ainda. A última vez. Nos braços dele Joaquim agonizava. Não chorava. Chiava, uivava. O menino carregava uma doença de tosse de cachorro, um negócio impressionante.

No pediatra Marcos sinalizava impaciência com o meu olhar sonso, mas não mais de paixão. É que eu ainda queria aquele homem que me respondia com o silêncio toda noite depois do trabalho. Eu me dediquei ao Joaquim o quanto pude. Era eu com ele e nada mais. O dia inteiro. Marcos fazia uns serviços na Taquara e saía antes de o sol raiar, apressado como se não tivesse mais trem depois das cinco e quarenta.

A vó vivia me dizendo que não era fácil sair do interior. Jogava praga em mim dizendo que não ia me acostumar com o isolamento dos outros na cidade grande. Todo mundo junto, apertado, morando embaixo do nariz do outro, subindo muro, parede e cara amarrada. Dizia que eu ia sentir falta de uma batida na porta pra dividir o café com bolo das três em ponto. Mas com o Joaquim adoentado foi difícil ter tempo. Nunca consegui assar um bolo. A janta do Marcos sempre pronta às oito e meia, depois do banho de vinte minutos. Levava na bandeja de flor de cerejeira. Tia Anunciata comprou aquilo a prestação, coitada.

Ele ia ver o noticiário e eu ia ver o Joaquim. Eu via o Joaquim o dia inteiro. Ia vigiar o menino dormir. Eu já sabia de cor e salteado a sequência do que ia ver. Parede descascada, ponta do berço, golfinho, cortina de peixes. Cortina de peixes, golfinho, ponta do berço, parede descascada. Voltava pra sala e Marcos reclamava do meu chinelo arrastando o taco solto da sala e atrapalhando o som do noticiário. Eu perguntava se tirando o sapato melhoraria, mas ele nem respondia.

Marcos andava impaciente comigo. Dizia que trabalhava demais para ter que aturar minha conversa fútil quando a única coisa que ele queria era sossego e um pouco de paz. O homem dava duro mesmo. Trabalhava e botava comida na mesa. Tinha filé aos domingos, quando Marcos almoçava com a gente. Tinha vez que ia pro churrasco com os amigos. Eu e Joaquim ficávamos pra trás. Não reclamo não. Joaquim dá trabalho mesmo e o Marcos merece seu descanso, mesmo se impaciente com a gente. Mas é um bom pai: nunca levantou a mão pro filho doente. Quando não almoçava em casa aos domingos, voltava cedo se comparado com o Zé Márcio um sem vergonha, bêbado, correndo atrás de um rabo de saia mesmo sendo casado com uma santa. A mulher dele, Ondina, vivia um luto. Perdera o filho de três anos, na garagem de casa quando o filho de doze deu marcha ré no carro. Fechada em casa, o marido saía e procurava atividade, já que Ondina tinha morrido com o filho.

Um dia, Marcos resolveu me bater. Depois de parar o sangue da boca, fui pro quarto pensando que merda que eu era que não conseguia me calar e esperar o ânimo dele pra conversar. Por que eu tinha que querer aliviar minha solidão com o meu

— 83

marido se nem assunto que prestasse eu tinha? O Marcos ia lá querer saber se economizei no açúcar para comprar maçá? Que a Luísa teve alergia com o esmalte novo e foi parar no hospital? Por que eu não esperava o intervalo, os anúncios do Jornal Nacional pra puxar uma conversa que prestasse? Mas não. Eu tinha que atrapalhar o Marcos.

Na noite da briga, do sangue, ele me fez botar a boca nele. Dizia que dava mais vontade quando me via assim, sem lugar pra ir. E já que eu não ia embora porque não tinha ninguém e precisava do dinheiro dele pra comer e pra dormir, que eu fizesse ele gozar. Era o mínimo de gratidão. Não que eu tirasse a razão dele. Era agradecida sim.

Eu só estou nesse elevador porque o Marcos quebrou meu dedo. Com a mão capenga não consigo dar comida na boca do Joaquim. Se Marcos me estraga mais o corpo o menino fica sem ninguém. A Mariana me forçou a vir. Disse que tenho direitos e que o Marcos é um bicho. Eu não sei se ela exagera, mas não posso deixar o Joaquim passar mais dificuldade. O meu dedo dói e até tirar esse gesso, o menino vai penar.

Cheguei a apertar o botão de volta pro térreo. Esse negócio de delegacia é barraco. Pensei na vó que pairava aqui feito ar pesado. De certo que se conversasse com o Marcos ele daria jeito. Mariana jurava que não. Se bateu uma vez ia bater sempre. Não sei. Preferi duvidar. O elevador parou no oitavo andar. A porta se abriu e vi a placa da delegacia. Senti uma vergonha dessas de engolir a gente no chão. Apertei rapidinho o botão do térreo. Vou lá buscar o Joaquim na casa da mãe da Mariana. Não posso esquecer de passar na padaria e comprar o empanado que o Marcos gosta. A gente vai resolver isso. Era só fazer tudo com jeito, esperar minha vez na hora do intervalo do Jornal Nacional. O Joaquim não precisa só de mim. Precisa do pai junto, em casa. Deus nos livre e guarde de um lar quebrado, aos pedaços, sem pai e mãe juntos para criar os filhos! Sinto muito pela minha amiga lá do interior que se separou do marido depois de dez anos de casamento. Soube que ele tinha outra. Quando ela quis falar do assunto, ganhou uma surra de cinto que foi parar no hospital. O delegado não prendeu o homem. Quis interrogar a minha amiga, já que homem não reage assim por nada. Naquele angu tinha caroço! E ela provocou mesmo. Perguntou se era verdade o boato da cidade. O homem virou uma fera. Ela, ao invés de deixar ele se acalmar, quis a verdade. Ganhou uma surra! Não defendo ele não, mas ela não soube a hora de falar. Eu não queria ficar igual essa minha amiga e falir um casamento. Eu precisava aprender a hora de puxar assunto. Casamento é troca. Os dois precisam sempre melhorar. Mesmo que tenha me batido, Marcos não queria ter chegado nesse ponto. Tenho certeza. Eu sei disso porque ele mesmo me falou.

Não era possível que o meu marido tivesse esquecido aquele dia no elevador e meu primeiro olhar sonso de amor na vida, vidrada de sonhos, esperando cada andar a passar, até chegar no fim. Não era possível que Marcos tivesse se esquecido da lua de dentro do sorriso dele, do elevador brilhante, cheio de estrelas. Não era possível. Não era.

Se eu jogasse a coisa com paciência, quem sabe ele visse em mim o que andava vendo na Lílian? É que sozinha... Sozinha é ruim ficar. Uma hora a gente acerta. Ele nunca quis me ofender. Eu me lembro do rosto do Marcos me dizendo isso. Ele segurou minha mão, calmo, procurou meus olhos. Mas meus olhos já rodopiavam no ar, franzindo a testa e a sobrancelha.

– 85

Enquanto eu não olhasse o Marcos nos olhos, eu sonsa, ainda esperava pra ver a lua do sorriso dele de novo. E olha, quando não chove, céu aberto.

ANA

Era uma quinta-feira. Paulo até hoje diz que era uma sexta. Não importa o dia da semana. O que faz diferença aqui é que não estamos de acordo. Saíamos de uma peça de teatro no Centro. Paulo dizia que tínhamos ido a um show na Lapa. Nunca estamos de acordo.

Terminado o espetáculo, fomos tomar cerveja. Paulo bebeu uísque. Eu entornei três taças de vinho. Paulo diz que bebemos margueritas.

Do outro lado do bar, Guilherme.

Como foi bom cruzar olhares com aquele homem! Uma noite que prometia ser chata, com Paulo falando sobre vazios, tornou-se uma noite agitada. Era preciso esconder o Guilherme do Paulo.

Do outro lado da rua, Alessandra.

Naquela noite, Paulo viu de longe, no bar em frente, a Alessandra. Eu não tinha achado a ex do Paulo ainda, mas ele se empinava e estufava o peito feito um pavão em devaneio que, na hora, soube que alguém por ali atraía meu marido. Passamos a noite nos divertindo porque estávamos ausentes da mesa que dividíamos. Guilherme e Alessandra levaram um encanto para a noite fosca, de casalzinho que se arrasta rua afora para ver o

– 87

show recomendado no jornal, no trabalho, no bar. Casalzinho que se esparrama pra fora da sala de televisão, feito lesmas gosmentas, cansadas de carregar a própria pele, sem vontade de companhia, sem assunto, sem planos, de saco cheio.

O casamento foi, diz a lenda, inventado por um deus que queria se vingar do amor. Apaixonado por uma ninfa, o deus Iliandus prometeu-lhe uma vida de aventuras, viagens aos sete mares, passeios em caudas de cometas, estrelas, a lua! Afonso, também apaixonado pela ninfa, prometeu uma viagem por ano a Caxambu e prometeu filhos. O deus Iliandus não tinha como ter filhos e por isso, prometeu mundos e fundos. Mas a ninfa se apaixonou por Afonso, com aquela simplicidade honesta de pés no chão, com ideia de ter filhos. Para que acontecesse o namoro em paz, os apaixonados tiveram que convencer o deus Iliandus a aceitá-los como casal. O deus furioso e derrotado, eventualmente concordou com o amor da ninfa e de Afonso, mas exigiu que se casassem e que fossem viver debaixo do mesmo teto. Dessa maneira, o orgulho ferido do deus Iliandus encontrou vingança com a garantia de que a convivência gastaria o brilho nos olhos e sufocaria de vez a frescura daqueles corações. Com o casamento e debaixo do mesmo teto, o deus Iliandus garantiu ao casal a infelicidade eterna.

Voltei os olhos pro Guilherme. Estava com amigos. Não notei aliança, namorada, nada. Estava tão bem. Paulo cultivava um olhar parado e aparência de dor de cabeça. Passava a mão pelos fios de cabelo que ainda estavam ali e fechava os olhos, apertando as pálpebras, tudo seguido por um suspiro de tédio, de derrota, de empobrecimento.

Guilherme lá longe era sorriso largo, rosto descansado, falta de problemas.

Notei Alessandra olhando pro Paulo. Não senti um pingo de vontade de falar sobre o assunto, mas achei falta de consideração ele jogar a toalha assim, tão indiscretamente nas minhas vistas. Falei alto, xinguei, montei um barraco. Saí com raiva e pedi que não fosse atrás de mim, que fosse atrás da Alessandra.

Meu marido sentindo-se finalmente visto e notado por mim, me viu marchar pro outro lado do bar. Entrei no banheiro e esperei que desse tempo do Paulo ir embora. Vi que ele se aproximou da Alessandra e juntos pegaram um táxi. Pensei na minha ex-colega de trabalho, Elisa, que adorava a palavra "patife". Nem cretino nem pilantra, patife! Olhei para o Guilherme que me abraçou com gentilezas, papos curtos, alegria. Saímos dali e pegamos um táxi.

Fui a primeira a chegar em casa. Cinco e quarenta da manhã. A cama do Paulo vazia. Meu alívio. Meu silêncio garantiu que o sono da minha sogra e das crianças continuasse pesado e merecido.

Enfiei meu corpo tão feliz debaixo das cobertas. Antes verifiquei as cortinas fechadas, sem frestas. De sol alto e quente já bastava o que levei da noite comigo.

Quarenta minutos depois, Paulo atravessou o corredor. Com muito cuidado pra não me acordar, sentiu alívio quando fingi um leve ronco.

Ele foi para o quarto dele.

Sete meses em quartos separados.

Estávamos salvos.

No café da manhã não tocamos no assunto. Não nos falamos. Éramos os dois culpados. E os dois perdoados. Inventamos mágoa. Estávamos aparentemente chateados. Ele arriscou

– 89

perguntar que horas eu tinha chegado. Disse que saí do bar e vim pra casa. "E você?" não resisti à crueldade da pergunta.

"Eu também saí do bar, da mesa de onde você me largou me deixando com cara de pateta e vim embora. Não quis te acordar para não brigar, mas estou na esperança de que a gente faça as pazes, hoje."

O fim de semana seguiu conforme deveria. Com tédio, ansiedade pela semana monótona. O futebol na TV da sala indicava a vida retomada ao normal.

No dia seguinte, ele trouxe da padaria um pão que tinha um formato tão esquisito. Rimos. A vida recomeçou dali.

Hoje em dia, quando falamos daquele noite, brigamos. Nunca por Guilherme e Alessandra, mas por eu ter ido ao teatro e ele ter ido ao show. Por eu ter tomado vinho e, segundo ele, margueritas. Por ter sido uma quinta e não uma sexta.

Marelena

A porta do banheiro trancada por mais de dez minutos esfregava na minha cara a doença da minha filha.

Lá dentro ela esfregava o papel higiênico até sangrar. Quando o sangue saía, estava limpo e ela estava satisfeita.

Marelena tinha só oito anos e estava no terceiro tipo de medicamento. Tudo começou com o lençol. Aquela merda daquele pano parecia uma minhoca na areia quente. Ela queria simetria, quadrados certinhos e alinhados. Só se o corpo estivesse morto, eu gritei um dia de raiva e cansaço. Comecei a ler sobre essa loucura dela e descobri que não era para brigar, mas perder a paciência era tudo o que eu conseguia fazer por ela. Eu me importava, eu queria ela fora daquela mania esquisita, queria ela de volta, bagunçada, com os pés sujos de tanto brincar.

Já tinha era tempo que eu ria sozinha, juntando os pratos do jantar e pensando naqueles pezinhos cheios de sombra, sujeira daquelas que não se arranca de jeito nenhum. Coitadinha da Marelena. Chego a sentir pena, mas me dá muita raiva que ela não consiga parar com essa besteira. Quando o lençol não ficava quadrado do jeito que ela queria, a menina urrava de ódio. Era um ódio do impossível, sabe? Não tinha como a gente arrumar aquele pano. Ela achava que tinha. Saía da cama, arru-

– 91

mava certinho, ponta por ponta. Depois ia deitar e bagunçava tudo. Aí urrava e fazia tudo de novo. Uma noite dormiu de tanto gritar. Dormiu de chorar. Dali pulou pro papel higiênico. Dizia que estava molhada e não secava nunca. Quanto mais esfregava o papel na bunda dela, mais molhada ela achava que ficava. E olha que um dia eu enfiei a mão dentro da calcinha, em completo pavor e esfreguei na cara dela. "Vê que tá seca, cabrita! Não tem nada aí! É tudo loucura sua. Tudo imaginação". Mas Marelena ia lá e se trancava no banheiro. Aí comecei a ouvir um choro. Esse era verdadeiro. Era de dor, era real porque dava pra ver. Esse eu levei a sério. Não era essa maluquice de imaginar. Ela chorava porque a bunda doía. De certo! Aquilo sangrava mais que meu coração de mãe em apuros com aquela menina, sem saber o que fazer por ela. Eu achei que também estivesse na beira da loucura. Comecei a achar que era imaginação minha, a cabritinha daquele jeito estranho. Mas que nada. Levamos ela no hospital num domingo à tarde quando a bunda ficou em carne crua e ela acabou com todos os rolos de papel higiênico da casa. Na segunda-feira, depois de chegar da escola, vi ela sentadinha na mesa, calma, com um sorriso ainda preso dentro da boca, cortando pedaços de jornal tão precisos que pareciam cortados na máquina. Ela guardava aquilo no banheiro no caso de faltar papel um dia. Vivia fedendo a pomada, tentando cicatrizar aquela loucura.

A coisa foi me deixando doida quando ela, além do lençol e do papel higiênico começou a não suportar ninguém tocando nela. Peguei aquela mãozinha pequena e já tão ansiosa para atravessar o sinal. Era carro pra todo lado! Gente andando no meio, um perigo. Segurei minha Marelena e ela de supetão, largou de mim. Gritei com ela porque o carro freou bem em cima,

92 –

em tempo de matar minha menina maluquinha. Ela pegou a mão e esfregava na camisa, limpando, balançando os pulsos pra cair a sujeira que olha lá, ela dizia, não tá vendo?

Recebemos uma carta do médico, preocupado com o estado da Marelena. Mas a carta veio tarde.

Numa noite, ela voltou a cismar com o lençol. Achei que estivesse boa. Passei pomada nela, botou calcinha limpa, lavou as mãos até ralar a pele. O pai dela se encrencou, gritou, bateu com a cabeça da menina na grade da cama. Ela veio na cozinha reclamar de dor de cabeça e falou baixinho que o lençol estava incomodando. Não aguentava ver o pai enfurecido com aquela mania doidinha dela.

Terminei de fazer a torta de pão, que no dia seguinte vinha o aniversário da tia Tana. Prometi que ia lá vê-la depois que terminasse a comida. Prometi e cumpri. Cheguei no quarto da minha cabrita e ela estava lá, enrolada no lençol, enforcada. Nos pezinhos limpos, meias branquinhas. Nunca. Nunca mais ela enlouqueceu.

Rita

Eu carregava aquele menino pra todo lado. De sol, de chuva. O menino comigo. Três anos. Um peixe. Que estilo na natação. Nasceu pra isso. E morreu por isso.

Gabriel vem vindo comigo e não consigo deixá-lo em lugar nenhum. Não posso abandoná-lo uma segunda vez. Ando, percorro as vidas dos outros pelas beiradas, tento entrar, mas esse menino não me deixa ir a lugar nenhum sozinha. Dou um passo, ele finca o dele, cambaleante, ainda criança. Ainda caía, corria e caía. Três anos.

Naquela manhã, organizamos a saída. Levei pão com manteiga e presunto embrulhado no papel jornal. Gostoso que só. Aquele embrulho tinha o cheiro do domingo, do cloro, do azul piscina, do chão molhado.

Márcio andava com outra. Não tinha nem quatro meses que me deixou pra trás com Gabriel e se enfiou com a Verônica. Gente da mesma cidade. É duro, vejo os dois todo dia. Gabriel não entendia o pai de mãos dadas com outra. Perguntava se não gostava mais da gente. Fui certa. Fui justa. Queria dizer que era um verme e que deu as costas pra família. Mas expliquei pro menino que era eu quem o papai não queria ver mais. Só eu. Ele não tinha nada que ver com aquilo e que o pai vinha sempre trazer presente, comida boa, um abraço, uma história nova que aprendeu na rua. O menino adorava uma história.

Naquele domingo coloquei biquíni novo. Fui com a Karen pra piscina. Tá certo que o Márcio me deixou, largou Gabriel comigo, mas não vou deixar a peteca cair. Estou firme, linda, forte, por dentro e por fora. Se eu colocar um lápis embaixo do peito ele ainda cai no chão, sem hesitar. Estava com tudo em cima.

Às onze da manhã, o sol rachava o juízo da gente. Tocava um pagode desses de corno e todo mundo cantava junto. Márcio cantava me vendo e eu cantava era pra ele mesmo. Verônica se ocupava de sambar, rebolar, mostrar pro Márcio que ele tinha feito uma boa troca. A cidade toda vigiando a gente. Uma família aos pedaços e a gente nem sabia no que ia dar o dia.

Gabriel veio pingando de água da piscina, comer o pão com presunto. Márcio deu pra ele guaraná. O menino tomou satisfeito e ainda ofereceu para os amigos.

Voltou pra piscina. Era um peixe. Lindo, que estilo!

Lá do bar, entre a letra da música do pagode, vigiava o Gabriel. Menino lindo. Aquilo lá ia torturar corações. Como era bonito!

Fiz com o dedo que não, de jeito nenhum, não podia ir na piscina grande sem mim. Que falta de juízo! Tinha que ficar na piscininha com os amigos e nós adultos tentando um pouquinho de felicidade a cada gole de cerveja.

Um olho no Márcio e o outro no Gabriel. Meu menino brincava de gargalhar com os amigos. Tudo gente boa, gente da escola, daqui mesmo. Como eu detesto essa brincadeira de caldo! Não gosto não. Pra que fazer a criança se assustar com a falta de ar? Mas menino já viu, né? Adora um mal feito!

Fui lá e dei uma bronca neles. Passei sabão mesmo na frente das mães dos outros. Voltei pro bar. Tocava a minha música favorita. Legião em ritmo de sambinha, bom mesmo. Eu me entreguei. Cantei gritando pro Márcio que nosso suor era sagrado, essas coisas.

Vi com a esquina do olho o Gabriel naquela brincadeira de caldo de novo. E essas mães? Não iam passar um sabão naquelas crianças, não?

Fui lá de novo e dessa vez ameacei. Se não acabasse com aquilo a gente ia embora. Rezei pra que parassem. Mas os pestes não pararam. Gabriel e mais três revezando um caldo e gargalhando e engolindo uma água impressionante.

Acabei com a festa: a minha, da Karen, do Gabriel. O Márcio continuou lá, aos beijos com a Verônica. Fui pra casa, doida da vida. Que diabo esse menino que não me obedecia? Ao invés de curtir a piscina comunitária, a gente agora ia comer frango com farofa e tutu e espantar mosquito a tarde inteira deitado na rede. Satisfeito, Gabriel?

Almoçamos. Karen veio com a gente. Gabriel num sono danado. Sono do sol. Todo domingo cochilava com aquele calor ardendo a pele.

Dei banho nele, lavei os cabelos duros de cloro. Comeu que foi uma beleza. Frango, arroz, tutu, farofa, angu e até enfiou uma taioba ou outra pra dentro. Menino forte com um apetite danado.

Quando deu umas três horas fui acordar aquela preguiça toda. Fechei o portão a cadeado. Hoje ninguém mais sai de casa. Agora era preparar pra vida de segunda.

Mas como dormia o Gabriel. Chegava a roncar. Sacudi o menino de leve e ele acordou chorando. Tinha muita dor de cabeça. Achei-o meio quente. Dei a novalgina. Dei logo trinta gotas. Fervia a pele dele. Levei ele pro sofá pra ver os programas de domingo. Coisa esquisita, Gabriel começou a ficar com a boca azul. Espumava, estava abestalhado.

Dei mais uma novalgina, pouca coisa. Esperei ele melhorar. Mas ele morreu e eu nem soube o porquê.

Quando a ambulância chegou, foi sem chance nenhuma de salvar meu neguinho, me perguntaram sem parar. Contei todo o dia do Gabriel. Foi um atraso. Não, não. A ambulância não atrasou. Foi a água, danada, atrasada, matou afogado meu filho seco.

Carrego aquele dia, igual àquela água seca, com dureza, empobrecida. A cada gota do meu filho ralo abaixo, desapareço. Até, Deus permita, nunca mais.

Aqui embaixo da minha cama tem uma mala. Tudo do Gabriel tá ali. Até o desenho que ele fez de golfinho. Tudo lá. Agarrado em mim essa tragédia delicada.

Karen se preocupa. Diz que estou enlouquecendo. Como eu saberia? Loucura só existe fora da gente. Às vezes sinto cheiro de mofo. Deve ser a água.

OLÍVIA

Aquela morte. Aquela. Na hora que ficou viúva colocava a segunda e última colher de açúcar cristal no café preto. Mexeu três vezes. De novo esqueceu e colocou a colher fora da pia. Só mais um trabalho. Foi lá e pegou o pano pra limpar. Esfregou água sanitária, mais força, mas a mancha lá. Só ela via.

Tomou o café já viúva. No banheiro ajeitou o cabelo. Aproveitou para limpar o vidro, passou creme nas pernas. Já não tinha um marido. Já não dividiria o corpo quente de desejo na cozinha, impregnada de lembranças dos dois enquanto os filhos dormiam.

Seguiu viúva, de cabelos feitos por boa parte do dia. Aí foi aquela batida na porta. Ouviu a batida forte e estranha para hora, e o coração ali mesmo já encolheu em câimbra. Escureceu as vistas e hesitou do lado de dentro. Um gesto e a porta aberta traria qualquer surpresa.

O policial explicou que caiu fulminante no chão da Rua Central. Não teve como salvar. Questão de segundos. Era pra ser. De viúva, passou a miserável em menos de um dia. Doía-lhe todo minuto sem ele, o corpo inteiro numa espécie de gripe braba. Estavam casados, mas ainda se amavam. Não era justo que aquela caminhada chegasse ao fim assim, ainda ardente! Em noite limpa ainda saíam para o quintal de mãos dadas para olhar as estrelas feito dois bobos. Contavam estrelas cadentes mesmo que fossem aviões. Era aquele o segredo dos dois. Corriam de beijos a noite imaginando mais um pedido espaço afora, às custas de uma aeronave cruzando o céu. Nunca traziam má notícia um para o outro. Deram certo. Vai ver foi por isso, pelas estrelas cadentes que só os dois viam.

Fez tudo pelo marido: enterro, missa, luto de fato.

As crianças corriam pela casa como se a morte fosse coisa a evitar, feito pular corda, era só não se embananar.

Mas Olívia trocava as pernas, enrolada naquela saudade do homem da sua vida. Tomava Martini, vinho, cerveja, vodca, cachaça, chegou a pegar o álcool puro no armário da cozinha, aquela cozinha cheia daquele homem.

A casa caiu, desmoronou. Olívia batia nos filhos. Bastava que olhassem pra ela. Nas crianças, pedaços do homem que matou sua vida. Aquelas crianças, o gozo do marido, viviam feito resquícios de poeira no ar.

Batia sem pena. Batia pra valer. Não suportava a seme-lhança. Os olhos eram os mesmos. Na escola notaram os roxos, os machucados. Viram também Olívia chegar lá ao meio-dia cambaleando, embriagada, cansada, indo buscar os filhos. A diretora não ligou. Entregou as crianças de bandeja para aquela dor toda, de mão beijada.

Em casa não tinha comida pronta, não tinha roupa pas-sada, não tinha beijo, não tinha pai e a mãe também já não tinha. A garrafa de rum era nova, cheia. Acabou em duas horas, dentro do banho. Os filhos se escondiam diariamente evitando cruzar seus olhos feitos do pai com o da mãe. Era insuportável.

Mas teve finalmente a caixa de fósforo. As crianças trocavam figurinha na varanda da vizinha. Olívia eventualmente achou o que procurava. Não era outra bebida. Não procurava a garrafa de álcool. Há tempos tentava achar a caixa de fósforo.

Arrancou a roupa, soltou os cabelos para que também pegassem fogo. As chamas secaram cada pedaço daquela mulher que gritava de alegria a cada fagulha virando fogo, acabando com ela, fio por fio. Corria cozinha afora com o corpo queimado, enrolado em fogo, queimando até o fim, gritando que conseguiu, conseguiu. Até que enfim.

Às crianças bastou enterrar. Já viviam sem a mãe há tempos.

SILVIA

Entrei naquele trem com a calma de um à toa. Eu não era muito mais que aquilo: era artista. Meu trabalho – ou falta dele – era percorrer lugares com a pretensão de que fosse um ofício. Mas era o ócio. Era a falta de ter o que fazer, inclusive a falta do que ter para criar. Eu ia para a capital. Lá encontro loucos, miseráveis, amantes, depressivos. Lá, na capital, eles se espalham em muitas pessoas. Se eu ficar em casa, guardada, fico mofada e todos esses personagens começam a viver em mim.

Saio de casa como quem abre a janela para evitar a umidade. O mofo é sempre uma ameaça. Começa com a poeira, depois o verde, depois a gosma, depois o cheiro. Se eu não arejar o que sou, em pouco tempo, me transformo num fungo.

Havia um assento à janela. Saquei um livro da bolsa, decididamente, para o homem ao meu lado, uma indicação de que, absolutamente, nenhum contato seria feito. E se encostasse em mim os cotovelos, eu não mergulharia na luxúria antecipada do adivinhar se as coxas também eram quentes. Sisuda encarei o livro. O homem ao lado não me viu. Não que me incomodasse o fato de ser invisível, já que aquilo vinha acontecendo com frequência avassaladora. Mas aquele homem, de feições indiferentes também era esquecível e mesmo assim, não me viu. Senti

– 103

o tempo me morder com dentes afiados de ingratidão. Achei que os invisíveis se reconhecessem, que fosse feito um acordo indizível, ao invés, o homem cortava meu ar com seu braço agarrando o copo de café que deixou na mesinha que era, pelo assento, minha.

Quando ele saltou, deu lugar a uma família, das insuportáveis, alegres, cheias de risos, piadinhas. Dava para imaginar que o casal passaria o dia fora com as duas crianças barulhentas e detestáveis. Pequenos seres que insistem em se comportar como se nós nos importássemos com eles. A cada grito ou choro eu refletia sobre sair do meu lugar e ir atrás de alguma tranquilidade. Mas o trem ficava, a cada parada, mais cheio e o homem, o pai das crianças, era muito atraente. Nos olhamos algumas vezes, por vagos segundos. A mulher dele ao meu lado. Olhei pra ela que, ocupada em explicar a diferença de fonemas para a filha e, gritando feito uma professora primária, era detestável. Rechonchuda e com os cabelos curtos, tinha a voz de quem manda em casa. Aquele homem não merecia aquela mulher. Os olhos dele eram doces. Indicavam pouca resistência. Era daqueles que, dada a oportunidade certa, não lutam, não resistem. São merecedores de algum alívio das patroas que um dia foram as mulheres das vidas deles e agora regulam seus dias como se fossem também uma das suas crianças.

Olhei para a boca dele. Bem feita, apesar de algumas rugas. Devia ter uns cinquenta anos. Aquela mesma boca que passeava pela mulher chata sentada ao meu lado nas noites iguais, com ou sem lua.

Pensei no meu marido. Nas minhas crianças. Condição miserável é a de ser mãe. Santificamo-nos e passamos a ser uma espécie de porto seguro. Nossos maridos já não nos desejam, já nos conhecem sem segredos. O sexo é uma coreografia tão ensaiada que qualquer improviso poderia acarretar em ataque cardíaco. Os filhos arruínam nosso corpo, sugam nossa vontade de viver, nos envelhecem num tempo galopante. E os maridos nos matam diariamente com seus olhares hipócritas que contradizem as bocas que murmuram que somos lindas, não importa o tempo. Mentira! Se eu quero o frescor de outros corpos e a novidade de outras ideias, outros nomes, por que o meu marido não há de querer?

Aquele homem ali na minha frente com a família feliz e ordinária tinha olhos disponíveis. Aquela mulher provavelmente já não o enlouquecia na cama. O que ela teria a oferecer? Os almoços de domingo, a companhia nos programas de teve, a camisa bem passada, o bolo de limão e essa vida morta que insistimos em levar porque é assim que deve ser.

E a minha vida? Igualzinho à vida dele, me sufocando em possíveis tramas jamais realizadas. Esperava por uma loucura qualquer que me acordasse, mesmo que fosse para pedir desculpas depois. Valeria a pena, não?

Puxei conversa com a mulher dele. Elogiei a leitura da pequena. "Apenas cinco anos? Que criança inteligente!" A menina me disse que iam para a capital comemorar o aniversário do pai. Sorri pra ele e antes de descer, desejei um feliz aniversário.

Dentro dele, em algum lugar mofado e esgotado, ele sonhava com uma espécie de Marilyn Monroe e um belo de um happy birthday, querido presidente.

Aposto meu futuro brilhante que o que teve, em realidade, foi um almoço numa pizzaria com crianças aos berros e a mulher, aquela velha e familiar condição de sempre.

– 105

FLÁVIA

Aprendeu sobre hipocrisia aos treze anos.

Na avenida escura, debaixo de uma castanheira, beijava despudoradamente o namorado, antes de adentrar em praça pública onde os pais, as tias e madrinhas falavam da missa e a esperavam para ver de perto a sua cara de anjo.

Quão imenso foi o susto que levou quando fez quarenta anos!

Onde estava toda aquela vida? Olhou em volta. Ainda estava ali, mas feita de presente. O que tinha sido foi esquecido.

Tinha nela uma mania de festa. Por mais exaustivo que fosse o evento, por mais cansada que estivesse, não dizia não à possibilidade de se reencontrar, bonita, de frente ao espelho.

Lá estava, meia idade, com um sorriso congelado e envolto na pele dos lábios cada dia mais finos, mais flácidos. No seu melhor ângulo, fazia uma foto. Era a fé que levava no bolso pra sair de casa. Estava linda!

Mas, estranhamente, na festa ninguém dizia que estava diferente daquilo que era diariamente no portão da escola, arrebentada pelas demandas dos filhos, esgotada pelo sorriso forçado ao encontrar crianças. Gente de merda que olhava nos olhos dela esperando que achasse graça nos filhos dos outros.

Foi mãe porque teve medo de envelhecer sozinha. O presente era um desgaste. Tinha tanta coisa melhor pra fazer do que responder à brigas, birras, pirraças, mesquinharias dessa gente pequena.

Como foi parar ali, naquela maternidade? Nunca quis ser professora, enfermeira. Nunca quis cuidar de ninguém. Nunca pediu para segurar bebezinho em hospital. Tinha medo de quebrar, porque a vontade era de soltar os braços e ver cair no chão mais um rebento por quem ela sentia completo desprezo.

Sempre que dizia "que gracinha" para um filho de uma amiga, era com o coração gelado. Tanto fazia se a criança abrisse a testa no chão de concreto ou fizesse uma dancinha ridícula para agradar parentes. Tudo aquilo, aquelas crianças, era uma enorme perda de tempo. Era uma armadilha das piores, das mais elaboradas, das mais eficazes.

Ela caiu naquele plano. Teve lá seus três filhos, e a cada dia gostava menos de criança. Vibrava enquanto cresciam e apontavam nela a esperança de uma conversa adulta, sem rompantes de dramas e gritos.

Lembrava-se com indisposição das pessoas ao redor fingindo querer saber dos seus meninos, dos seus casinhos, gracinhas, descobertas, artes. Nem ela mesma se interessava, por que as pessoas seguiam esse protocolo para iniciar uma conversa? Por certo, falar do nada por falar de coisa nenhuma, perguntar sobre o tempo seria mais interessante que saber por quantas horas dorme o primogênito.

E nesse ensaio monótono de crianças e suas imbecilidades, ela foi se esvaindo.

Tinha virado mãe. Condição que é para sempre. Mesmo que o filho morra, mãe será sempre mãe, de filho vivo ou de filho morto, uma vez mãe, sempre mãe. Pouco se importavam as pessoas pelo que tinha sido antes. Não! Ela era mãe e isso foi tudo o que restou do passado e do futuro.

Ela queria gritar que tinha existido uma vida, que nem sempre tinha sido essa carcaça pesada de mesmice que a arrastava para o portão da escola, para o supermercado, para a lanchonete, aula disso, aula daquilo, aniversário de mau gosto, crianças berrantes, nojentas, sujas, suadas, selvagens.

Por que diabos ela teria que achar limpa a baba que escorre nas suas mãos quando segura um bebê? Tinha repulsa. Ainda assim, lá estavam, os três filhos. Ela virou mãe deles.

Nas festas, nas que ela segurava feito um rosário a imagem congelada do espelho, ela notou que, cada vez mais, as pessoas iam desaparecendo. Dançavam, aqueles corpos pesados e deformados pelo tempo que a vida castiga, músicas da moda imaginando ser quem há muito não eram mais. Quem eram aquelas pessoas mal-amadas, desengonçadas, ultrapassadas que davam tanta pena a cada gole de bebida, sorriso feito de dentes escuros, velhice? Eram os pais da escola. Eram iguais a ela. Não eram mais ninguém. Eram um borrão na parede. Claro, eram o que havia de errado e rejeitado numa paisagem que, sem eles e sem ela, seria, de fato, uma paisagem perfeita.

ÉRICA

A morte não é essa feiura toda só porque arranca o sol quando trememos de medo. Não é pela aparência ossuda, amarelada de quimioterapia. O odor do corpo que a filha não reconhece mais na mãe. A morte não é essa importância toda porque nos deixa sem norte no meio de um deserto impossibilitados de um oásis, sem ecos de músicas que lembramos de tempos bons.

Não. A morte não se define pelo tempo da tragédia antes ocupado pela comédia, por dias inúteis, bonitos.

A morte não é a falta da vida que, desavergonhada, avante anda sem um fio de clemência por quem está sentado à mesa de jantar, mas está também ausente. A morte não tem importância quando nos deparamos com as luzes de Natal piscando nervosas, orquestradas para nos comunicar que o fim dos outros não interessa, que tudo é festa. Quem liga pra morte quando ela alinha em filas, cantos e cadeiras, os rostos de sempre no velório da mãe? A morte não incomoda em nada quando dizima uma família inteira sustentada por uma mãe, em carinho, atenção, justiça, força. Veja lá, em pedaços, desmoronar o castelo de areia. Foi com uma pá de metal enferrujado e usada em outras execuções, que a morte tirou do castelo a bandeira e feriu a torre. O resto ruiu com um sopro de hálito tão podre que nem os caranguejos ficaram. Esperamos que o mar leve logo aquele estrago todo. Mas demora. Leva tempo porque tem um buraco pra preencher que não enche nunca. Nunca. Nunca. Nunca.

A morte não é nada comparada àquele dia:

Com fome, abri o freezer. Qualquer pizza. O importante era que estivesse tudo preparado.

No fundo da gaveta, dois meses depois de enterrar a mãe, um pote escrito em bordados de letras preciosas "lasanha de mussarela e presunto". Olhei o relógio que àquela hora estava fosco, envergonhado, tentando se esconder. Aí os minutos pararam. O mundo inteiro sabia daquela peça que a morte me pregava. O canto do olho achou a garrafa de champanhe, presente de casamento da mãe, caro, nunca aberto. Celebrar o quê? A morte era enfim, era então, aquele momento, com toda a sua glória e vitória. Ria de mim em uma gargalhada desdentada. Não comi a lasanha. Não bebi o champanhe. Não é sensato dar corda para a morte. Ela é a única que, afinal de contas, mesmo se eventualmente, tem o seu final feliz.

REGIANE

"*Prezada Regiane,*

Obrigado pelo seu interesse em se juntar ao nosso bem sucedido grupo. Hoje atendemos a mais de três milhões e meio de usuários em todo o Brasil. Nosso UPS *tem atendimento vinte e quatro horas por dia, sem restrições. Nosso objetivo é estar presente em primeiro lugar sempre que um cliente precisar dos nossos serviços. Como cobrimos todo o Brasil, é necessário que nossos atendentes transitem bem pelos sotaques e expressões regionais sem grandes dificuldades. Para fazer parte da nossa empresa você precisa ter um computador com excelente conexão de internet, estar disponível durante o período de trabalho, seguir à risca os termos e condições do contrato, especialmente no que se refere à privacidade dos nossos clientes. Oferecemos salário compatível, bônus por performance, flexibilidade de horários e a facilidade de trabalhar no conforto da sua própria casa.*

Para processarmos seu cadastro, por favor, faça o teste em anexo e retorne em, no máximo, vinte e quatro horas.

Atenciosamente,

Matias Pontes
Red Hot Salt and Pepper Ltda."

"Você viu, Guilherme, não tem nada demais no e-mail. O que eu tenho que fazer não compromete em nada minhas tarefas aqui dentro de casa. Quando o Luciano estiver dormindo, eu ligo o computador e mando brasa. Também não preciso dizer quem sou eu, de onde sou, nada disso. Tudo é mantido no mais absoluto sigilo."

Regiane tentava achar um trabalho desde que o filho nasceu. Não aguentava mais ver a barriga crescer sem criança dentro, entediada consumindo pacotes e pacotes de biscoito recheado.

Do outro lado do pensamento, Guilherme. O marido há seis anos. Companhia há quinze. Fizeram um filho, o Luciano. Fizeram porque era a hora. Não se interessavam em fazer gente alguma, mas se não fizessem naquele momento, Regiane ficaria velha e ia perder a vez. Antes do Luciano, Regiane trabalhava na boutique da cidade. Decorava a vitrine, viajava pra Belo Horizonte e São Paulo para repor o estoque.

Em BH ficava na casa de uma tia, perto da Pampulha. Em São Paulo, a dona da boutique pagava um hotel fuleiro ao lado da vinte e cinco de março. Regiane nunca traiu o marido. Só uma vez mesmo. Lá em São Paulo numa dessas viagens. Conheceu um rapaz no ônibus e enquanto dormiam, encostaram braços e pernas um no outro. Quando acordaram, não se mexeram pra não estragar aquele desejo todo que não era possível só ela sentisse. Desceram no Terminal Tietê. Ele tinha ido fazer um treinamento pra empresa de consultoria de gestão. Palavras enormes que não significavam muita coisa. Daí surgiu um convite pra tomar um suco perto de onde ele ia ficar, num hotelzinho na Barra Funda. Pegaram um táxi que ele pagou e ninguém nunca tocou no assunto do suco. Foram direto pro quarto. Ele colocou um filme pornô e Regiane nunca se divertiu tanto na vida. Depois catou as roupas espelhadas pelo chão e seguiu pra vinte e cinco de março sem nunca mais ver o Selmo. (Só soube do nome dele quando se despediam na porta do quarto). Na viagem de ônibus de volta pro interior, Regiane foi tomada por uma culpa tão grande que, chegando em casa, quis fazer um filho com Guilherme. Era a maior prova de amor da qual era capaz. Para Guilherme um filho cairia bem. Faria com que aparentasse decência na missa, na pracinha, no clube de esportes. Calaria um pouco o boato entre ele e Janete.

Poucos meses depois, Regiane pediu demissão na boutique e foi cuidar da casa, esperar a criança nascer, melhorar seus dotes culinários.

Ninguém nunca mais viu a Regiane. Nem na boutique, nem pelas ruas, nem no clube de esportes onde costumava jogar vôlei dia sim, dia não.

Nem na frente do espelho Regiane era mais vista. Com a gravidez, mudou bastante. E como diziam os outros, era preciso ser mãe antes que o sino tocasse. Regiane acabou tornando-se uma estranha, irreconhecível na sua pele cada vez mais esticada, dando lugar ao tédio que entrava sem parar em forma de comida. Luciano nasceu e já vai seguindo pro seu segundo ano de vida. Regiane passou a comer biscoitos e caixas de bombom dentro do banheiro, antes de tomar banho, escondida do marido, e dela mesma. Quando se fartava de chocolate, se olhava no espelho prometendo melhorar, a partir de uma das infinitas segundas-feiras que se seguiram.

Regiane aumentava seu peso e culpava a gravidez. Demoraria a acabar com aquele peso, aquela consequência toda! Era normal, repetia sem parar. Ela sentia repulsa dos braços roliços,

— 115

das pernas que davam assaduras, no roçar das carnes, em dia de verão.

Enquanto a vida seguia, não findava o boato de Guilherme e Janete. Mas Regiane não acreditava. O marido nunca faltava. Iam à missa, à pracinha, ao clube de esportes, passeavam pela cidade e ele nunca deixou de dormir em casa. Não tinha tempo nem lugar pra Janete.

Mas, de repente, Regiane passou a não deixar que Guilherme a tocasse. Não queria que a visse assim, tão diferente daquela que um dia ele conheceu e pela qual se apaixonou. Depois já não se encontravam há muito tempo, nem na mesa do jantar, nem na hora da novela, nem na cama. Foram sumindo paulatinamente. Com força, em definitivo.

Regiane olhou o computador. Abriu o anexo do e-mail. Era a hora de encarar o teste para conseguir o emprego em horário flexível. Uns trocados e aquilo daria a ela a motivação necessária para mudar o que precisasse. A vida não ia bem.

No alto do anexo, a explicação:

Sinta-se à vontade. Não limite pensamentos e palavras. Quanto mais solta e suja, melhor.

E a primeira pergunta:

Teste 1. A partir da frase abaixo, inicie o processo.

"Você tem peitos lindos. Posso tocá-los?"

Regiane pensou nas palavras mais sujas que conhecia. Escreveu: pode lamber, chupar. Logo apagou. Sentiu vergonha. Tentou escrever novamente. No final, preencheu todo o formulário com respostas que achava conveniente, e enviou.

No dia seguinte a resposta:

"Obrigado pelo seu interesse. Infelizmente não achamos suas respostas apropriadas para o perfil de nossa clientela. Não foram estimulantes o suficiente.

Atenciosamente,

Matias Pontes
Red Hot Salt and Pepper Ltda."

Se tivesse nutrido a lembrança do Selmo, se lembraria das falas do filme pornô e aquilo seria, sem dúvida, suficiente para conseguir o emprego. Mas o Guilherme, homem de respeito, nunca deixou que Regiane entrasse no quartinho dos fundos enquanto ele fazia coisas de homem.

Pelo menos não estava com a Janete, tinha certeza.

DÉBORA

– Desculpa o atraso.

– Senta.

– Você mudou o sofá de lugar?

– Você notou.

– Sim. Eu gosto de móveis. Gosto, justamente, porque a gente pode trocá-los se não gostar, mudar de lugar. Jogar fora.

– Exatamente como não dá pra fazer com as pessoas?

– Eu não disse isso.

– Você me contava do nascimento da sua irmã. Quer falar mais disso hoje.

– Sempre que eu venho aqui, tenho que desenterrar essas ideias, passados. Acho que isso não me faz bem. Sei que a ideia é que essas minhas vindas aqui me ajudem, mas não estou vendo como. Falo de coisas que me incomodam com a ambição do alívio no final do túnel escuro, mas esse alívio não vem. Acontece que me sinto sempre mais culpada.

– Você acha que é culpada?

– Não sei. Você é que deve me dizer.

– Você sabe que eu não estou aqui pra julgar. Não nos interessa a minha opinião sobre você.

– E você tem uma?

– Uma o quê? Opinião ou culpa?

– As duas.

– Sim. As duas. Você tem falado com seus irmãos?

– Ok. Vou terminar a história da minha irmã. Eu te dizia que quando ela nasceu eu não senti amor por ela. Cresci achando que tinha falhado porque era para amá-la e eu não sentia nada. Nem amor, nem raiva. Na verdade, eu me esquecia que ela estava ali, em casa. Quando ela nasceu não senti vontade de pegar no colo, nada. Há pouco tempo, minha amiga teve um bebê e eu não quis pegar, mesmo ela tendo oferecido. Não tenho vontade. Não acho graça em bebê. São absurdamente desprezíveis ao meu ver.

– Mas você diz que gosta de gente.

– Bebê não é gente. Enquanto só choram e dormem, não me emocionam.

– São sim. Gente pequena.

– Quando eu vejo uma pessoa linda, maravilhosa, de beleza inquestionável, me entedia, me chateia. Não há nada de estranho. Tudo é perfeito, certo, inquestionável, muito. Olha o mar: o mar é aquilo tudo. Não tem esquinas. Você engole o mar todo de uma olhada só. Você respira fundo, te falta o ar. Um segundo depois você expira e pronto. Tudo já foi visto. É grande, é azul. Bebês são assim. Aquela pureza toda. Aquela bondade toda. É tudo tão superlativo que não me serve pra nada. Gosto de gente feia. Gosto de gente velha. Gosto de montanha. Gosto de camadas. Gosto da via tortuosa. Gosto de tomar tempo olhando as coisas. O mar, um bebê, uma pessoa bonita não me tomam tempo nem pensamento nenhum. São as simplicidades mais tolas da vida.

– E seus filhos?

— Estão crescendo. Estamos nos encontrando. Falam comigo. Falo com eles. A fase de bebê acabou e eu detestei aquilo tudo. O cheiro de talco até hoje me faz enjoar. Tudo com cheiro esterilizado, cheiro de pureza, me enjoa. Uma merda.

— Você conhece outras mães?

— Infelizmente.

— Infelizmente?

— Esse é o maior incômodo Depois de ser mãe você é definida por isso. É como se antes, não existisse você. É como se antes de ser mãe, o que você foi não é mais importante. Eu tinha uma carreira. Eu tinha um corpo forte, duro. Eu tinha ideias. Eu tinha tempo. Antes de ser mãe eu tinha tudo, agora, não tenho nada. Depois de ser mãe, passei a ser mãe e só. Outro superlativo. Estou esse fiapo de pessoa porque sugam minha energia. Minhas ideias não vêm porque me encontram cansada cuidando das ideias dos outros. A carreira acabou. Criança adoece. Quem vai te dar trabalho com tanta visita ao médico, dia de celebração na merda da escola? Eu estou aqui, mas nem eu me lembro do que eu era antes dessa armadilha toda de maternidade. A primeira armadilha foi a do casamento. Depois, filhos. Não sei o que era antes de ser isso, mas sei que era bom. E tenho que sorrir, ver bebê na rua e dizer o quanto são lindos. Tenho que ir às festas de Natal com meu marido. Ver crianças felizes fazendo barulho. A única coisa que eu quero é ficar doente, ser presa, enlouquecer. Preciso descansar.

— Por hoje não temos mais tempo. Até semana que vem. Boa quinta.

MIRIAM

Dentro do trem não venta. Mesmo assim o sopro que cobriu o espaço entre minha boca e meu nariz deu, no reflexo do vidro, um teto para o casal que se abraçava pela primeira vez na plataforma. Era a primeira vez. Abraçavam-se de fechar os olhos, respirar fundo. Dentro dos olhos fechados no abraço cabia um sorriso.

Brincar com o tempo é brincar com fogo. Eu olhava minha imagem no vidro da janela do trem e via um deus. Sobre os amantes, um relógio digital e eu contando os segundos como se fossem meus pra passatempo.

11:58:09. Piscava os olhos saltando o segundo ímpar. Quis homenagear o par de amantes. Nada entre eles, só os dois. Eu parecia mesmo ter tempo. Brincava de ser desocupada, dessas que olham o relógio sem compromisso.

No dia 26 de fevereiro deste ano, eu desperdicei mais de um minuto e meio contados a cada segundo. Perdi pela obsessão de segurar nos olhos cada instante. Mas quando os segundos passavam, iam de fato embora. O tempo que escorre não era brincadeira feito pensei.

Jogar tempo fora assim era parecido com vigiar o amor de perto. Sufocado, escapa feito o relógio digital que cobria o

— 123

casal com futuro e um teto de cabelo de vento. Feito o tempo, o amor não voltava. Não era brincadeira.

E foi exatamente assim que aconteceu o fim.

Minha mãe ficou doente. A palavra era difícil e era "terminal". Quem inventou um palavrão desses para falar da miséria e da validade do corpo humano? Terminal é palavra indigna.

Na minha cabeça uma espécie de barulho. Digo uma espécie porque soube depois que não era barulho, era a minha cabeça.

O tempo tem lá suas estranhezas. Segure-o com as mãos e olhe pra ele: não é nada porque é presente. A ingratidão é a única coisa que nos faz humanos. Não reconhecemos o tempo que temos porque ele sobra. Um dia, escasso feito os sorrisos já sem dentes que acompanham seu afinamento, valorizamos o precioso tempo que já acabou, seja ele futuro ou passado.

Quando falávamos sobre morte, era presente. Não percebemos que o futuro é feito de fim.

Ela me esperava na cadeira, ereta como dava. Cabelos secos da tentativa de uma escova mal feita. Adentrei e nos olhamos evitando, cuidadosamente, as emoções que eram insuportáveis. Dei meu beijo, meu abraço apertado e comovido. Abraço com medo de ser o último. O estalo do beijo dela foi alto. Ecoa ainda hoje. Mostrei fotografias da neta, tiradas na pressa para estar ali com ela antes que o tempo nos vencesse. Faltava-me ar. Precisei sair. Cheguei até a Confeitaria Brasil e pedi uma caixa com Chapéu de Napoleão. Uns dez, vinte. Muitos! Quando voltei ela já estava na cama. Fui pra janela comer escondido dela o nosso doce preferido. Cheia de ciência e razão, expliquei que não era possível dar a ela aquele pequeno prazer já que estava mal de saúde. A alimentação saudável era prioridade. Os filhos têm desses pecados quando acham que sabem das coisas. Mas veja, trouxe uma música francesa que você vai gostar. Escuta. Vê isso? É um aparelho novo. Guarda um milhão de músicas. Escuta a cantora francesa.

Foi a última arte que teve. O último olhar acordado e curioso, olhar que a arte proporciona. Depois disso, feito uma bomba, acabou. O barulho foi enorme! Deixou-me surda.

A vida, mesmo comigo, andou. Parece ter ignorado que eu queria ela toda fora de mim. Distraía-me com os problemas dos outros. A dor do outro é boa porque não dói na gente. Somos até capazes de vender conselhos, de tão bons. Às vezes, vinha uma incrível melhora quando eu via que, se eu quisesse, era possível parar de andar.

Era uma terça-feira. Dia de completa insignificância. Fui pra estação do metrô mais longe de casa que meu bilhete comprava. Tinha uma nota que eu entregaria para o primeiro que encontrasse antes de tudo. Ouvi o barulho do trem. Barulho metálico de trilho, barulho que rola em círculos. Certeiro, não ia dar tempo nem de pensar. A gente morre mesmo é de dor, e essa ia ser tão intensa que não duraria dois segundos. Dois segundos eu era capaz de segurar. O trem se aproximou. A luz vinha chegando. Agora era só calcular e pronto. Fechei os olhos pra não ver esse feiura de perto. Perdi o trem. Ele parou. Entrei. Ele me levou pra casa.

ÍRIS

Encostaram um no outro desde que olharam ao redor e fora de casa. Habituaram-se ao namoro que os acompanhou feito uma tosse de inverno, meio fraca, mas insistente, persistente, chata.

O dia do pedido de casamento foi feito qualquer um, eles com dezenove anos, quinze de convivência.

Íris, diante do pedido, disse nem que sim, nem que não.

– Quero nos meus cabelos uma coroa de jacinto azul. É a flor da fidelidade. Sem uma coroa de jacinto azul na cabeça não posso me entregar.

– A flor de jacinto que plantou morre toda primavera, Íris. Essa secura desta terra mata toda possibilidade. Você tá é me dizendo que não quer casar comigo?

– Caso quando florescer jacinto azul para coroa que eu vou fazer.

Na cidade de Íris, todo mundo tinha lá suas manias. Co-locava-se vassoura atrás da porta para visita ir embora logo. Cobria-se espelho em dia de trovão. Deitava-se rasteiro no chão quando morcego entrava em casa. O tio-avô de Íris, que não saía da cadeira da cozinha esperando a morte lhe carregar pelas mãos, viu uma morcegada em voo raso entrar em casa às seis

– 127

da tarde. Não saiu da cadeira, não se deitou rasteiro no chão. Virou vampiro. Ninguém nunca mais viu o velho.

Tinha gente que mandava o padre benzer a casa depois de entrar bruxa.

Íris dizia não ter essas manias. Mas recusando as teimosias coletivas, arrebanhava outras: era a única da cidade que não matava as bruxas. Tinha predileção por elas. Enquanto todo mundo corria atrás de borboleta, Íris ficava lá, cabeça virada pra esquerda examinando a imobilidade da bruxa agarrada na madeira descascada da varanda. Íris era única que chamava bruxa de mariposa. Achava a sonoridade da palavra de uma beleza tão grande que não usar era pecado. Era meio feito o Guido, o primo distante, italiano que achava que a palavra mais bonita em português era "pesadelo", coitado, sem entender direito se tratava de um íncubo.

Aos dezoito anos e com Silvério há quatorze, conheceu Adriano. O homem veio sem rastro, sem mulher, sem filhos e abriu um "secos e molhados" para concorrer com o seu Altamiro, que só não vendia o seu mau humor, de resto, tudo era negociável.

Adriano veio como uma chuva fresca na cidade. O armazém era belíssimo. O balcão alto de cerejeira era escorado por sacos de linhagem com feijão branco, preto e vermelho, arroz de ponta, arroz redondo, fubá, farinha de trigo, farinha de mandioca e polvilho. Em seguida, a doçura se esparramava nos grãos que grudavam nos dedos suados das crianças, que esperavam entediadas o açúcar refinado e o cristal serem pesados. Tudo preciso através da balança Ramuza de ferro fundido e embalado em sacos de papel pardo. Dos céus caíam alho, tomates secos, mortadelas, queijo cavalo, pernil defumado, salames e cebolas. Em cima do balcão, a máquina registradora perto do baleiro de vidro que servia pra troco quando faltava o níquel.

João Balão, o menino dos dentes marrons, fornecia o jornal velho em troca de chocolate. João Balão fez enriquecer o doutor Salim, dentista sírio que aportou na cidade com os filhos que, convidados para os aniversários davam caixas de bombons de presente. O menino da boca podre, aos oito anos, tinha nervos expostos nos buracos dos dentes. Mas o desejo pelo chocolate era maior que ele. A doçura fazia da dor um vago esquecimento. Comia e chorava, o pobre. Assim, nunca faltava jornal na venda do Adriano.

Na vitrine, espanada duas vezes por dia, caixas de bombons. Não as do João Balão. Caixas vindas dos vales argentinos e chilenos. Dizia Adriano que, feito a flor de jacinto, o chocolate bom era feito em lugar frio. Nas prateleiras, mantimentos. Na prateleira baixa, óleo de soja vendido a litro. Óleo de azeite vendido feito ouro.

Clio, uma mulher esquisita, branca feito a neve e com um chumaço de cabelos da cor do sol, arrancava um fio de cabelo todo dia e guardava numa caixa. Cada fio valia um fio do óleo de ouro. Quando acabou a cabeleira, entregou a caixa a Adriano em troca de uma lata inteira de fios de ouro, o azeite extra virgem Zippori, importando de Israel e o mais caro do mundo. Foi presa pelo recruta da patrulhinha que passava no armazém diariamente pra comprar tabaco.

O secos e molhados do seu Altamiro viva às moscas. Além de tanta sorte de produtos, o armazém do Adriano era feito de gentilezas. Ele dava bom dia, boa tarde, apertava as mãos e olhava nos olhos dos clientes. Vendia de tudo e dava, de graça, bom humor. Inventou a caderneta dando a ele o direito de ser bajulado por todo mundo que precisava colocar mais que feijão com arroz na mesa. Mas enriqueceu mesmo quando começou a vender sorvete e Coca-Cola.

Íris frequentava o armazém com incomum frequência. O namorado que ia jogar dama e cheirar rapé na praça, achava digno a Íris se ocupar de pesquisar receitas novas, coisa que Adriano sabia muito bem.

Uma segunda-feira, à noitinha, no horário que a luz se espreguiça mas já não encontra forças, Íris estava no armazém procurando polvilho doce. Era pro pão de queijo da quermesse da igreja. No sacos de linhagem, só polvilho azedo. Adriano acomodou a moça na parte de trás da venda, onde tinha uma escrivaninha e fazia contas e investigações botânicas e entomológicas. Adriano era homem que, além do sorriso de deixar doutor Salim na miséria, carregava uma extravagante curiosidade por plantas e insetos.

O relógio fechou as sete horas completas da noite. Adriano fechou as portas com Íris lá dentro. Pediu paciência que ainda não tinha encontrado o polvilho, aquele doce.

Íris não se incomodou com o relógio. O namorado, de certo, tentava revanche em algum jogo de dama. Não ia dar falta dela. Íris foi se distrair com os livros. Parou na história da mariposa japonesa.

Adriano deu-se por vencido: não havia polvilho doce. Mas veja, em compensação, que curiosa a mariposa japonesa.

Atlas Gigante é o nome dela. Quando aberta tem as asas do tamanho de um prato de jantar. No seu cocoon ela resiste às piores tempestades. Quando seca a chuva, a mariposa sai do casulo e deixa cair uma gota do seu cheiro para atrair um reprodutor que viaja até três milhas atrás dela. Quando que

130 —

se reproduzem, ela morre dez dias depois. Uma mariposa que nasce apesar do furor dos vendavais, com a única missão de ter alguém para se perpetuar. Uma vida curta, mas grandiosa.

Íris chorou ao ouvir a história. Parecia conto de gente, de tão bonito!

Naquela noitinha, enquanto o Silvério terminava sua milésima partida de dama, feito a mariposa Atlas, Íris decidiu que o mundo poderia acabar, mas que fosse antes feliz com Adriano.

Toda noite, antes de fechar o armazém, Íris ia comprar mantimentos e ouvir mais uma vez a história da mariposa Atlas japonesa. Às vezes faltava luz e aí, Íris, tímida, contava para Adriano seus segredos, já que não precisava ver os olhos dele. Falava da predileção pela flor de Jacinto que não existia porque nunca tinha visto a não ser nos livros. Adriano mostrou a Íris sua coleção de enciclopédias sobre flores de climas subtropicais e assegurou-lhe que ela jamais se casaria com Silvério porque não seria possível fazer uma coroa de jacinto azul ali naquela quentura toda.

Seu Altamiro soube pela esposa das visitas de Íris ao armazém depois do expediente. Tratou logo de espalhar a novidade, já que o seu rancor por Adriano fazia-lhe um buraco no fígado.

Na pracinha, no meio de uma partida de dama, Silvério soube da história. Foi tirar satisfações com a namorada. Como poderia trocá-lo, homem forte, bem apessoado, saudável e jovem, por um senhor que ninguém sabia quem era e que hipnotizava Íris com bobagens escritas em livros?

A fúria de Silvério foi feito um tufão testemunhado pela mariposa Atlas. Soprou bafo quente de ódio, derramou sangue, cuspiu fogo. Com a luz ferida dos olhos fez congelar toda a febre que tinha Íris por Adriano. A vizinhança correu pra casa, se escondeu dos raios que partiam os telhados. Crianças choravam de medo. Mulheres uivavam pra lua. A Terra, num estrondo de ódio do namorado humilhado, revirou-se de cabeça pra baixo. A secura do lugar se escasseou. Caiu neve, congelaram todas as paixões pedidas debaixo dos coretos da praça. Íris não resistiu.

Na manhã seguinte, com os ânimos controlados, ao invés de Íris, Adriano, o namorado traído e a cidade acordaram com a mais bela e inútil florada de jacinto azul esparramada vista afora. Tudo voltou a ser como era antes, com exceção da Íris.

Esta obra foi composta em Adobe Garamond e
impressa em papel pólen bold 90 g/m² para
Editora Reformatório em julho de 2016.